ホテル物語

グラフホテルと
5つの出来事

イム・キョンソン
すんみ訳

日之出出版

ホテル物語

グラフホテルと5つの出来事

人生の苦々しさから目をそむけようとしない私たちへ

contents

ソウル南山《ナムサン》の循環散策路にあるグラフホテルは、一九八九年に古美術商イ・ユハン氏によって建てられた。いっとき、五つ星のクラシックホテルとして輝かしい栄光を誇ったが、二〇二二年十二月三十一日付で営業を終了することになった。この話は、グラフホテルが閉館する、最後の半年間に起きたことである。

一か月間のホテル暮らし

ライフガードのホイッスル音が鋭く鳴り響いた。

縁がかすかに擦れているローズウッドの木製テーブルに座っているドゥリは、ノートパソコンのキーボードを打っていた指の動きを止めて、窓の外へ視線を投げた。三階の客室からは、イヌエンジュやナツツバキに囲まれた野外プールが見下ろせた。短く刈った薄緑の芝生とまっすぐに延びた長方形のプールの青い水を、眩しい日差しが燦々《さんさん》と照らしている。押し合いへし合いしながら相手を水に突き落とそうとするティーンたちに、ライフガードが注意をしているのが見えた。脱いだビーチサンダルを横に置いて、水につけた足をバタバタさせながらペディキュアの写真を撮っている若い女性。その後ろから逃げ回る子どもを追いかける母親の金切り声。デッキチェアにうつ伏せの状態になった人たちの背中には、日焼け用のココナッツオイルが塗られている。ホテルは、プールばかりが賑わっていた。

ジャボン！

プールの奥の一番深い場所で、ヤシの木が描かれた水着姿の青年が、水面と平行になるように屈めた姿勢で飛び込むと、水飛沫《しぶき》が立った。時間を知らせるアラームが鳴ると同時に、ドゥリは冷たい水の感触を思い出して身を震わせる。涼しそう、とは思っているけれど、おそらくプールに入ることはないだろう。

原稿を読み始めると二、三時間があっという間に過ぎてしまう。だからできるだけ一時間に一回ストレッチタイムを持つようにしているのだが、今のアラームには別の理由があった。椅子から立ち上がると、下腹から体の外へどろっとした何かが抜け出てきた感じがした。ドゥリは足早にトイレに向かい、急いでズボンを下ろして便器に座った。赤ちゃんのこぶしほどの血の塊が、型から取り出したばかりのゼリーのようにナプキンの上でぶるぶると揺れている。こんな変なものが、どうやって一時間に一度というペースでやせ細っているこの小さな体から次々と作られるのだろうと思うと不思議だった。ドゥリは小さくため息をつくと、荷物から真っ先に取り出して便器の隣に放り投げておいたナプキンのパッケージに手を突っ込んだ。

四か月前から生理不順になった。初めは間隔が四十三日と長くなり、そろそろそういう年齢かと思ったけれど、それは早とちりだった。生理の間隔が長くなったと思ったら、次の月は二週間が経っても生理が終わらず、その十日後には不正出血が一週間ほど続いた。

一か月間のホテル暮らし

産婦人科を訪ねた。診療室の検診台に座るのはいつも緊張するし、あまりいい気がしない。しかし、体の構造がこうなっている以上、どうしようもないことだった。

「もっと下に下がってください」

黒縁メガネをかけた女性の医者に言われた通り体を下へずらすと、脚がさらに広がってまるで解剖実験室のカエルになったような気がした。

「十七・七ミリか。子宮内膜がずいぶん厚くなってますね」

薄暗い診療室で、先生が経膣エコーの画像を確認しながら、日を改めて子宮内膜の組織検査などいくつかの追加検査をしなければならないと説明した。


二週間後、検査結果を聞きに病院に寄り、子宮腺筋症という診断と女性ホルモンの数値が十しかないという血液検査の結果を聞かされた。

「それって、どういう意味ですか」

ドゥリは瞬きをしながら先生に尋ねた。

「十というのは、女性ホルモンがほとんど分泌されていないということなので、事実上閉経が始まったと考えてもいいでしょう」

その声からは医師としての遺憾の念が少しばかり感じられた。

ドゥリはドキッとした。四十五から五十五歳までのあいだに閉経を迎えるのは知っていたけれど、いつも一足遅れた人生を送ってきたんだし、ここに来て先回りする人生になるとは思ってもいなかった。

「出血量が多くなった直接的な原因は子宮腺筋症ですが、閉経が始まる前に一時的に量が増えることもあります。でもこのホルモン値なら……そのうち落ち着くと思います」

あ、妊娠を希望されていますか？　と先生が念のために、と付け加えてきたので、ドゥリは眉間にしわを寄せながら首を横に振った。

処方された止血剤が出るのを待ちながら、女としての人生はこれで終わりか、と考えた。しかし、いつ女としての人生を送ったというのだろう。ドゥリは薬の入った袋をバッグにしまいながら、できるだけ薬を飲まないでおこうと勝手な判断をした。いつか必ず止まるものなら、そのすべての過程をこの目でしっかりと見届けたい。何だって最後を迎える前には荒れ狂うのが自然の摂理だから。別れを告げる前に、少しの騒ぎが必要なのだろうと思うことにした。経血の量が最も多い二日目には誰にも会うことができず、時には赤色を目にしただけで胸が騒ぐのだけれど、ドゥリは自分が置かれている現実と、自然の摂理を受け入れることにした。

＊

ここ十か月のあいだ書いてきた映画のシナリオについての会議に参加した日、ドゥリは意外な提案をされた。

「チェ監督、ホテルの部屋を一か月間取っておくから、そこでゆっくりしながらこのシナリオをちょっと見てくれない？」

二歳年上の、業界でかなりの影響力を持つ製作会社で企画プロデューサーとして働いているヒョンジョンから、ＯＴＴ（Over The Top）ドラマのシナリオを脚色してほしいと、頼まれたのだ。

「これ……企画としてはいいと思うけど、セリフがちょっとね」

ヒョンジョンが頭を横に振りながら付言した。会わないあいだに、どうやら彼女は、額やら目元やらにボトックス注射を打ちすぎているみたい。突拍子もない彼女の言葉は、つまり、自分のシナリオがあまり気に入らないという意味なのだろう。詰めが甘いのはすでにわかっていたことだ。ただ古い付き合いだし、ヒョンジョンからの率直な意見を聞いたうえで手を加えてみるつもりでいた。ヒョンジョンは書いた人のことなど気にせず忌憚なく辛口の感想を言うので有名だった。やり方は乱暴だけれど、あとから思い返せばほとんどの言葉が的を射ている。ヒョンジョンに似合わない優しい口調で貴重だというプーアル茶を出してきた時から、ドゥリはなんだか不吉な予感がした。

「はっきり言って、ストーリーはあんたの好みじゃないの。映画とドラマとはそもそも違うものだし……。でもあんたくらい文章をいじるのがうまい人もいないからね」

ヒョンジョンはドゥリとじっと目を合わせようと努めながら言葉を続けた。

「実は、キム監督があんたにどうしても監修をお願いしたいんだって。見てもらえると光栄だとね」

数年前、ドゥリのもとで助監督をしていたキム監督は、前年の春にヒョンジョンの製作会社で撮ったデビュー作で予想外のヒットを記録した。

「ちょっと遅い夏休みを取ったと思って、ね？　あんたのシナリオについては、一息ついてからもう一回話そう。この機にドラマの仕事をちょっとやってみるのもいいじゃない」

ヒョンジョンの声が、ひときわ優しくなった。

呆然としたまま建物の外に出て、ようやくドゥリは胸の奥から胃酸がこみ上げてくるのを感じた。十か月も時間をかけて書いたものについて一言もコメントされなかったのは、ヒョンジョンがその話題を避けたからではない。ドゥリが恐れて訊けなかったのだ。

弱虫。

すぐに断ることができず、あやふやな感じで仕事をほいほい受けてしまったばかばかしさはおまけだった。

「それは先輩がドラマのことを何気に見くびってるからですよ」

ドゥリが小説を書いている大学の後輩に電話をかけ、ヒョンジョンの提案を断れなかったことへの鬱憤《うっぷん》を吐き出すと、後輩は「慰め」どころか「直言」で現実を呼び覚ましてくれた。

「別にそういうわけじゃないけど……」

予想外の反応に、ドゥリは言葉を失った。

「正直言って、小説家がよく知りもしないくせにドラマのシナリオ作家をバカにしてるのと変わりませんからね。純文学をやってるからってエンタメ文学をバカにしてるのとも同じだし」

後輩はドゥリと業界は違うけれど、クリエイティブな仕事をしているという共通点があり、家も近いという理由で時々カフェで会って、仕事について話し合っていた。周りのいざこざに影響されない毅然とした性格だから、気乗りしない仕事は断るべきだときっぱり言ってくれると思ったのに。

「私なら歯をぐっと食いしばってやるかな。この年になって新しいことにチャレンジできる機会なんてあまりないですもん」

ドゥリはどう反論すればいいか少し悩んだけれど、やがて反論の必要がないことに気付かされた。後輩が続いて、一昨年に発表した小説のドラマ化に関する著作権契約を結んだとそっと教えてくれたのだ。自慢っぽく聞こえないように努めていたので、その契約金が小説を書き始めてから一度も手にしたことのない金額なのがわかった。

「よかったね、おめでとう」

本音だったが、ドゥリはさらに心を込めて語気を強めて言った。

「ありがとうございます。でも今回気付いたんですけど、最初から映像化を念頭に置いて小説を書いている人もいるんですよね。まあ、それはその人の勝手だろうけど、でもちょっと違うと思いませんか？」

ドゥリは相槌を打つ代わりに、半分くらい残っているレモネードを飲み干した。

＊

グラフホテル。

築三十年くらいのホテルには、だいたい名前に「ロイヤル」「グランド」「パレス」「セントラル」「インペリアル」などの英語が含まれているのに、グラフ(GRAF)ホテルの名前にはドイツ語が使われている。当時としてはかなり風変わりな名前だったのだろう。名前だけでなく、地価の高い場所に七階建ての本館と五階建ての別館、それから大きな芝生の庭園と野外プールだけを造って、面積当たりの利益など気にしていないと言わんばかりの余裕を見せているところも変わっている。都心のど真ん中にあるのに、森が鬱蒼と茂っている小さな麓に立っているため、交通機関などで行きやすい場所でもなかった。

タクシーがホテルの正門の前に滑らかに止まると、ドゥリは半ばあきらめた気持ちで車を降り、黒いキャリアケースを引きながら入り口に向かった。高級ホテルというより高級監獄に入所するようだった。ところが、回転ドアを抜けて中に入ってみると、ホテルに着くまでのささくれた気持ちが、冷房が効いてひんやりとしている空気のおかげで一気に和らいだ。ドゥリは馴染みのない、だけど妙にいい気持ちに包まれた。圧倒的な高さを誇る天井や全面ガラスから入ってくる日差しを頼りにしている薄暗い照明、ロビーの真ん中に飾られている華麗な装花や洗練された構図のウィリアム・モリスの壁紙、それからプルシアンブルーのベルベット布のソファ。どれも規格化されたチェーン店のホテルから漂うドライでモダンな感じとは違って、ここだけの雰囲気を醸し出している。映画でたとえるならば、お金がかかりすぎると製作者が辟易する「美術」に、惜しみなく予算を注ぎ込んだセットのようだ。

グラフホテルが今年の年末に閉館するという噂を聞いたドゥリは、旅行シーズンのピークを迎えた高級ホテルにしては閑散としているロビーを見て納得した。「閉館する」という噂が聞こえてきたとたん、「新しいもの」好きの韓国人にとってこの場所は、一瞬にして色褪せた思い出になってしまうのだ。客が自ら遠ざかったために空室が多く、プロデューサーが一か月分の宿泊代をあっさりと支払ってくれたのも納得できる。いま宿泊中の客は、安い値段で野外プールを利用しようとしているファミリーか、若者、習慣的にここを予約した外国人くらいだろう。広いロビーに敷かれたカーペットをぎゅっと踏みながら、ドゥリは過去の栄光とプライドをあきらめきれないまま、それでも終わりを受け入れた者に漂う粛然とした雰囲気を感じ取った。

ドゥリはなぜかこのホテルが気に入った。服や洗面用具、生理用品を片付けてから、他の人が書いたドラマのシナリオに手を入れてみようと窓辺のテーブルに腰を下ろしたが、たちまち頭の中が真っ白になった。ぼうっとしているうちに十分ほどが経ち、後悔が荒波のように押し寄せてきた。

約束したものから先に片付けよう。が、もう手遅れだ。

それでも脚色を頼まれたというのは、まだまだ使えると認められたという意味だろうから。

他の人の文章を直すうちに、反面教師として、自分のシナリオが「ぱっとしない」理由がわかってくるかもしれない。

年を取ったら、無理に我を通そうとしたり不平不満を漏らしたりしないで、変化に柔軟な対応をしていかなくちゃ。それに冷静に考えると、代案もないわけだし。

自分の強みは、冷徹な自己分析力だと自負している。プロデューサーには言わなかったけれど、昼間には頼まれた脚色作業を進めて、夜には自分のシナリオを見直すつもりだった。ヒョンジョンから修正の方向を提案される前に、こちらからもいくつかの代案をあらかじめ用意しておいたほうがいいだろう。時間を大事にしなくては。

三一二号室での初日の夜、枕やマットレスの硬さの加減に体を慣らそうと寝返りを打つと、隣の部屋からいきなり小さな音が聞こえてきた。何の音だろうと気になって壁に耳をぐっと近づけると、激しい愛による騒音だった。記録更新を目前にした重量挙げの選手のように呻く男と、その呼吸に声を合わせている女。ドゥリは呆れてクスッと笑い出した。この年になると、別段驚くようなこともない。枕に顔をうずめて眠りつこうとした。

あっという間に一週間が経ち、「一か月間のホテル暮らし」は、徐々に日常のリズムを取り戻していった。撮影の時はその地域の安宿で長期宿泊することが多かったために、新しい寝床にはすぐに慣れることができた。一人で時間を過ごすのだってちっとも苦痛ではなかった。映画監督という職業柄、一人でいるのが常だった。撮影が始まったら数十人の俳優やスタッフと何か月も一緒に過ごすことになるのだが、撮影が終わるとみんな散り散りになってまたいつものように一人に戻った。一人っ子のドゥリは、子どもの頃は一人になるのが嫌だったけれど、長い時間が経って一人で過ごすのにすっかり馴染んでからは、一人でいるだけでなく、もっと完璧に一人っきりになれるどこかへ旅立つことさえあった。無数の時間が、そのようにして過ぎていった。

日課は午前十時から始まる。白いリネンカーテンの隙間から燃え滾《たぎ》る夏の日差しが差し込んできて眠りを邪魔した。ドゥリはしばらく横になったままぼうっとしてからようやく起き上がり、窓を開けて換気をする。それから顔を洗い、半袖Tシャツとジーンズに着替えて、ホテルのカードキーと財布をポケットにしまう。ドゥリは「PLEASE MAKE UP THE ROOM」と書かれた札をドアの外側の取っ手にぶらさげると、エレベーターに乗ってすぐにロビーへ向かわずに、わざと二階で降りて「ライブラリー」と呼ばれているラウンジを通った。

ふかふかの赤紫色のカーペットが敷かれているライブラリーは、読書のためのソファとアームチェア、ちょうどいい明るさの照明と本棚いっぱいの本のあるリビングのような空間だ。壁にはホテルに宿泊したことのある歌手や俳優や作家といった著名人のモノクロ写真が小さな額縁に入れられ、飾られている。ひとけがなくしんとしている朝のライブラリーを横切ると、カーペットの下の、ニス塗りされているフローリングからギシギシと軋む音がした。奥にある螺旋階段からロビーに下りると、フロントデスクでチェックアウト中の客たちが目に入った。

ドゥリは周辺を散歩するついでに食事を済ませてホテルに戻った。「PLEASE MAKE UP THE ROOM」の札がドアの内側に戻されている。体から出たにおいがきれいに抜けた部屋の中で、本来の存在が消し去られたようなすっきりした感じを覚えながら、ドゥリはちょっぴり軽くなった気持ちで机の前に座った。午後三時か四時くらいに小腹が空いてくると、ミニバーの下の小さな冷蔵庫からブドウやリンゴを取り出して食べた。

午後遅くに二度目の散歩がてら食事を済ませてホテルに戻ると、いつの間にか日が沈んでいて、二階のライブラリーの奥にある小さなバーが営業を始めていた。コの字のバーカウンターの内側には、ポニーテールを高い位置に結んだ三十代初めくらいのバーテンダーがいた。小麦色のうなじにはタトゥーが入っている。夜にホテルのバーで働くより、昼にジムでトレーナーとして働くほうが似合いそうだ。もしかしたら仕事を掛け持ちしているかもしれない。二日に一度という頻度でバーを訪れているドゥリは、他の客にほとんど出くわしたことがない。しかし、バーテンダーはいつもそんなことをあまり気にする様子なく、ミントの葉を手入れしたり、コップを拭いたりしながら自分から仕事を見つけてせっせと働いている。バーテンダーにとって沈黙が不文律であるかのように。彼女は声をかけられるまでドゥリを放っておくこともあった。

ドゥリがブルー・ラグーンを頼むと、バーテンダーは黙って頷いた。それからウォッカ、ブルー・キュラソー、レモンジュースをそれぞれシェーカーに注ぎ、四十五度に傾けてシェークする。万が一手から滑ったとしても、客に酒がかからないようにするためだ。胸元を軸にして、上と下でシェーカーを振る音だけがリズミカルに響いている。

「ここ、空いてるから好きなんです」

何気なくそう言ってから、ドゥリはハッとした。しかし、客がいない、というのが悪口だとは限らない。

「暑すぎたり寒すぎたりする日には、みんな外出をしないので」

幸い、バーテンダーも客がいないことを恥ずかしく思ってはいない様子だった。

「ちょっとお聞きしたいんですけど、こんなに素敵なホテルなのに、どうして年末に閉館することになったんですか」

ドゥリはホッとしながら、純粋な疑問を打ち明けた。

バーテンダーはシェーカーの中身をシャンパングラスに注ぐと、チェリーとレモンスライスを添えて前に差し出しながら、ドゥリにちらっと目を向けた。

「もしかして、記者の方ですか」

「いえ」

ドゥリの返事に、バーテンダーがえくぼを浮かべる。

「対外的な理由をお話ししましょうか、それとも職員のあいだで知られていることをお話ししましょうか」

「どっちも知りたいです」

ドゥリが目を見開きながらとっさに返事すると、バーテンダーはわかったと言わんばかりに頷いた。

「いいでしょう。まず対外的な理由は経営不振です。古美術商だったオーナーがホテルについての明確な考えをお持ちで団体客を呼び込もうともしなかったし、うるさいからと言ってレストランもメインダイニングだけ一つ用意して……あとはバーが二つあるだけです。あ、ホテルってほとんど飲食の部門で利益を得る構造なんです。ですが、季節ごとに室内の装飾や造景に惜しみなくお金を注ぎ込んでいました。赤字が出るしかない構造だったそうです」

「それじゃあ、耐えられるところまで耐えて……」

「ええ、みんな、ずいぶん長く持ったと言っています。オーナーは残念ながら半年前に脳出血で亡くなりましたが」

「そうでしたか」

「従業員にしか知られていない話は……あっ、少々お待ちください」

言葉を続けようとしたその時、バーテンダーは反対側の端のスツールに腰を下ろした老紳士を見てすぐ、ドゥリに少し待ってほしいと目で合図を送った。ドゥリは杖を突いて歩いている老紳士が、バーの高いスツールにどうやって座るんだろうとやや心配する気持ちで様子をうかがった。しかし、老紳士は夏用のジャケットを脱ぎ、帽子を取ってバーカウンターにそっと置くと、とても手慣れた感じでスツールに腰を下ろした。バーテンダーは手際よくウイスキーのオン・ザ・ロックを作って黙って彼の前に差し出し、ふたたびドゥリの前に戻ってきた。

背筋をぴんと伸ばしてウイスキーの香りを吟味する老紳士を見ながら、ドゥリは尋ねた。

「常連さんですか」

「はい、亡くなったオーナーのお知り合いです。造船業をされていた方で……。素敵な方にたくさん来ていただきました。いい時代でした。そうだ、もう一つの説は、オーナーがこれといった趣味嗜好もなく、欲深いだけのお子さんたちにこのホテルを残したくないと、自分が死んだら一年以内にホテルを取り壊してから土地を売却して、その全額を寄付しろという内容の遺言書を弁護士のところに残したという話があるんです」

「ずいぶんと太っ腹ですね」

バーテンダーは同意を示すかのように、そっと笑みを浮かべた。

「でもここのような他とは違う場所がなくなるのは、とても残念です」

ドゥリは真心を込めて言い加えた。

「残念ですよね。でもわかる気もするんです。変わってしまうなら、いっそのこと存在を消してしまいたいという気持ちなんでしょうね。ここでは外の世界とは違うスピードで時間が過ぎていましたので」

バーテンダーは真面目な顔を見せながら、芯のある声で言った。

「ここが閉まってから働く場所は決まってますか」

憐憫《れんびん》や心配する気持ちで尋ねたわけではない。乾いたタオルでグラスを拭きながら、バーテンダーが首を傾げた。

「まだ決まってません。仕事にけじめがついてから考えてみようと思いまして。次のところを心配して準備するくらいなら、今こうやって居残らなかったでしょうし」

もしかしたらオーナーは、自分に似ている従業員を採用しておいて、目をつぶったのかもしれない。

＊

時々、ドゥリは寝る前に歯を磨きながら、トイレの鏡の中から死んだ母の顔を見た。疲れや鬱憤《うっぷん》がたまっている時の顔は、母により一層似ている。たまに眠りにつこうとして、暗やみの中でベッドのシートを持ち上げると、つるつるした頭で患者着を着ている母の姿が見えた。母は病気がちだったし、そしてホテルと病院は白い寝具という共通点を持っている。ドゥリは中学生の時に陸上競技の選手をしていたけれど、母が手術で入院する時は、技術者として海外派遣中の父に代わって、付きっきりで母の看病をしなければならなかった。トレーニングを休みがちになったドゥリは、選手をやめることにした。コーチはとても残念そうだったが、引き止めようとはしなかった。病院の大部屋にいる他の保護者や看護人たちは、幼いドゥリを憐れんだ。

「天気もいいし週末なんだから、お母さんはアタシたちに任せて、ちょっと外の空気でも吸ってきな」

声をかける友達が思いつかなかったドゥリは、映画館でよく時間を過ごした。たったの数時間だったけれど、厳しい現実から逃げ出せる最も切実な方法だった。時には映画を二本続けて見なければならない日もあった。しかし、母の健康は次第に悪化し、結局四十代後半に乳がん末期と診断された。大学に入学したばかりだったドゥリは、休学届を出して、およそ一年のあいだ看病に明け暮れた。一時帰国した父は、自分から名乗り出て遠い港の街へと働きに出た。生活費や母の病院代を稼ぐため、とは言ったけれど、それがすべての理由ではないということは、家族の誰もが気付いていた。葬儀が終わり、大学に戻ったドゥリは、初めて完全な一人になった。

三一二号室のベッドでは、ときおり悪夢も見た。夢の中でドゥリは母のおむつ替えのタイミングをわざとずらしたり、同じ姿勢のまま放置して褥瘡《じょくそう》ができるようにしたり、酸素吸入器のボタンを勝手に操作したり、点滴が落ちるスピードを最大に上げて血管を破裂させたりした。一度は、母がか細い声で癇癪《かんしゃく》を起こし続けるので、保護者用の簡易ベッドに置いてあったそば殻まくらで母の顔を押さえつけることもあった。ある時の夢はあまりにも鮮明で、実際にそんなことをやらかしておいて、わざと忘れるようにして過ごしてきたのではないかと思いながら、胸の谷間に垂れてきた冷や汗を手の甲でぬぐい取った。そんな日には冷たい水で顔を洗い、鏡を見てふと、長く生きすぎたと思うことがあった。それは誰かの関心や慰めを求めての泣き言であるというよりは、人生の喜びと苦しみの頂点をこれだけ味わったならばもう十分ではないか、というような受け入れのようなものに近い。残りの人生で、これまですでに経験したことより多くの成果を得たり、より底をついたりする可能性は低そうだった。波はたいがいこれくらい穏やかだろう。ドゥリは冷ややかに自分を眺められる年齢になったのだ。あるいは単純に母が自分より五歳しか多くない五十歳でこの世を去り、自分が長生きしすぎているように思えているのかもしれないけれど。あいにく自分が母より長生きしたら、母に申し訳なくて合わせる顔がない気がする。「かわいいおばあさんになること」が夢になり得るなんて。おばあさんになった自分を一度も想像したことのないドゥリは、そんな天真爛漫さが不思議に思えた。真夜中に目が覚めて、胸が詰まっているかのように苦しく、とうてい眠れそうにない時には、ベッドからはい出て机の前に座った。シナリオのファイルを開いて、小さな痕跡でも残さないと耐えられそうにない。次の日に改めて目を通すと、そんな時間に、そんな気持ちで書いた文章は、いつもどこか奇妙だった。

悪夢を見た次の日は、体調がすぐれなかった。

(このすべての、繰り返される悪夢は、不安な内面の現れではないだろうか)

ドゥリは目が覚めてからも、しばらくベッドに横たわってこめかみをぎゅっと押さえながら考えた。それは、もはや意味あるものを生み出せないのではないだろうか、という、つまり俗に言うと、クリエイターとして時代に取り残されてしまったのではないかという恐怖だった。時代遅れな感じというのは、とある兆しやら伏線やらを感じさせながらやってくるものだろうか。人間はいつ自分が「時代遅れ」だということに気付くものだろうか。同じ業界人からの連絡が途絶え始めたら？　周りの人たちの態度に微妙な変化が見え始めたら？　他のクリエイターに身も蓋もない嫉妬を感じ始めたら？　いつも同じ場所にいるようだったのに、チェスの駒のように他人の意思で居場所を移されているような気分がしたら？　雑念が次々と湧いてきた。

たとえば、ドゥリは前年の秋の終わりに公開された自分の映画が、たったの二週間で無残な結果を残したまま上映終了になった際に、今や自分に仕事を振ってくれる立場となったキム監督が、試写会を訪れて言った言葉を思い出した。

「それでも監督がずっと現役でいてくださるのが、心強いんです。ロールモデルなんですから」

ロールモデル、という言葉に失笑が漏れた。「良質のコンテンツ」ということだろうか。今では売れっ子の、いっときの自分の助監督からそう言われて妙な気分になったのは、自分が意地悪な人間だからだろうか。しかし、あの褒め方の根底にあるのが、この年ならもう現役引退するのが普通、という前提だとしたら、それはやや問題のある考え方ではないだろうか。あるいは相手が付き合いで言ってくれただけの言葉の揚げ足を取りながらイライラしていること自体が、老いや時代遅れ、それから劣等感を逆に裏付けているのかもしれない。いや、前からアイツの無神経なところが気になってたんだからね。それか、アイツ、もしかしてわざとあんなこと言ってる？　ドゥリは言いたい言葉を飲み込んで、彼の言葉を右から左へと受け流した。それができてこそ大人だろうと考えた。

ドゥリは一度立場を変えて、自分が思う「時代遅れの人」を思い浮かべてみた。自分を鏡に映してみる自信がないなら、他人を鏡にして眺めてみる方法もあるだろうと。

「ドゥリ、俺はな……俺の時が来るのを待ってるんだよ」

チャン監督が泥酔してこの話をしたなら聞き流すこともできただろうけれど、真昼にコーヒーを飲みながら、まともな精神でこう言ったのだ。二年前のことだった。そして彼の映画が最後に公開されたのは、七年前である。

「ただ、それが今じゃないってだけのことさ」

チャン監督がいちごの生クリームケーキをフォークで大きく刺して口に運びながら言った。見かけによらずお酒が一滴も飲めない彼は、甘いデザートに目がなかった。

「待っても監督の時が来なかったらどうします？」

ケーキの残りをチャン監督の前に差し出して、ドゥリはとげとげしく尋ねた。遠回しに訊きたくはなかった。

「それはない。俺にはわかるよ」

甘いものを食べるあいだは、人間は楽天的になれるのだろうか。それとも行き過ぎた確信は、ひどく切迫した気持ちの証しなのだろうか。ドゥリはそれ以上問い詰めようとせず、声を潜めて小さなため息を吐いた。それに、こういう時には誰もがこういう言葉を言うのだろう。「大きなお世話だよ」。学生に映画を教える仕事をしているから、生計に苦しんでいないチャン監督の状況が、自分よりマシな可能性だってある。ドゥリの悲観だって早すぎる判断かもしれない。ずっと新人のように見えていた監督が、たった一つの作品で主流に取り込まれ、活動がずっと途絶えていた監督が、思いがけなく華々しい復活を果たすこともあった。浮き沈みが激しく、異変が頻繁に起きる映画業界である。つまり「時代遅れ」は、少なくともこの業界では「常時の、確固たる、もはや救いようのない状態」ではないかもしれない。

しかし、ここ二年間、少なくともドゥリが知る限り、チャン監督には彼が待っていた「時」がやってきたり、あるいはやってきそうな兆しが見えたりしたことがない。ドゥリはチャン監督のことが人間として好きだったし、尊敬していたけれど、前作で立て続けに「古い」という印象を受けていたため、特に驚きはしなかった。ただ結局どんでん返しは起きなかったという事実に、悲しみを感じただけ。チャン監督が自分の芸術家としての最後を素直に認めていたならば、少しは惨めにならずに済んだだろうか。「俺はまだ終わってないぞ！」と頑張って強調すればするほど美しさとは遠ざかっているような気がしたけれど、それでは今の自分はあの時のチャン監督とどれほど違うと言えるのだろう。自ら降参する人たちの決起を美しいと褒めたたえることはできても、最後まで手放すことができない人たちを非難することはできない。私たち全員がベルトコンベヤーに載せられ、それぞれの「時」を通過し、用途廃止される定めならば、誰一人として時代に取り残されることから自由になれないのではないだろうか。

（いやいや、私は現実を認められていないのではなくて、まだ言いたいことがあるから仕方ないのよ……）。誰にも咎められていないのに、ドゥリは胸の内でひとり言を言った。先々のことをここまで楽観したところで、ひとまず自分の思考回路を容赦なく断つことにした。

＊

最初に抱いた抱負とは違って、昼間に他の人が書いたシナリオを直し、夜には自分のシナリオを見直すのは、思っていたよりもドゥリを疲れ果てさせた。気力のほとんどは昼間の作業に使われ、夜の作業をしようとしても、その頃にはもう体の疲れがひどくなっていた。

また、キム監督のシナリオにトーンを合わせている状態で自分のシナリオを見直していると、微妙に浮いた感じがするのにもひどくイライラする。ジャンルも雰囲気も全然異なる二つの原稿を同時進行させることは、必然的にドゥリを自己分裂させた。時には何もやる気が出なくて、作業を進められずにただ脚を組み替えながら、更新はせずに閲覧ばかりしているSNSを開いて、機械的にスクロールをしていた。電話のベルが鳴り出したことに気が付かなかったのも、そんな無駄なことに没頭していたからだった。

ベルが鳴り続けていることに、しばらく経ってハタと気付いた。

「監督、僕です」

鼻声まじりの、お茶目な少年の声が受話器の向こうから聞こえてきた。

ドゥリが初めて撮った長編映画の男の主人公だったスホと最後にメッセージのやりとりをしたのはいつだっただろう。そうだ、去年の年末にもらったあいさつメールだった。おそらくあれはマネージャーに言われて機械的に送ったものだろう。去年公開した映画のVIP試写会には、招待をしたのに来なかった。悲しくはなかった。映画を撮るために集まって、映画の公開後には連絡が途絶えてしまうのがこの業界の常だから。当時スホと撮った映画は、ヒットには失敗したが、スペインのサン・セバスティアン国際映画祭でコンペティション部門に正式招待された。純粋そうに見える美少年が人一倍敏感な変わり者を演じたという意外さから魅力を感じたのか、スホはたくさんのファンを得ることができ、俳優としてのキャリアが本格的にスタートするという幸運に恵まれた。もちろんドゥリは、自分が新人だったスホをオーディションに受からせたからだとは思っていない。自分の幸運は自分で持って生まれるものだから。


「監督、今どこですか」

と、いきなりスホが言った。

「ホテルだけど」

「……ホテルですか？　なんで？」

「シナリオの仕事で何日間か泊まることになってね」

「そうなんだ……ちょっと監督に会いたいんですけど、今から行ってもいいですか……？」

スホが語尾を和らげながら訊いた。

「どうして？」

「そう言われると寂しいなあ……ちょっと相談したいことがあるんです」

「私から君にアドバイスできることはないと思うけど……」

「それは監督の考えでしょ？」

スホにそう言い返されて、ドゥリは少し笑った。柔らかい見た目とは違って、時々咎めるようにして反論するのは、撮影の頃から変わっていない。監督の言葉を素直に聞き入れるより、違うと思った時は自分の考えを述べて相手を説得し、ズレをすり合わせようと試みる俳優やスタッフの意見を、ドゥリは尊重するほうだった。自分でも「相手を心から思ってするアドバイス」と「相手を自分の思うように統制したくてするアドバイス」を慎重に見分けようと努めた。

スホは到着まで三十分くらいかかると言った。ドゥリは半ズボンからジーンズに、袖なしTシャツから長袖の青いストライプTシャツに着替える。鏡に自分を映してみると、季節を問わず外出着として愛用していたストライプTシャツが、今では微妙に似合っていないことに気付いたけれど、代案も特に思いつかない。そのままベッドに横たわり、スホの到着を待った。着いたというメッセージが来たら、二階のライブラリーに下りていくつもりだった。だが、メッセージの着信音ではなく電話のベルが鳴った。

「今着いたんですけど……他にも何人かいるので……」

スホが困ったような声でつぶやいた。確かに、スホはもう昔の新人俳優ではない。今では嫌なことは嫌だと言える立場になったのだ。そういえば、昔からスホはプライベートでは遠慮なくしゃべり、振る舞っているのに対して、オープンな場所では人の目を気にし、周りから注目されるのを嫌がっていた。一度は、キャップを深く被って通り過ぎる彼を引き止め、一緒に写真を撮りたいとゴリ押しする女性のファンに乱暴な言葉を使ったせいで、変な噂に苦しめられたこともある。

「……監督の部屋に上がってもいいですか？」

「はあ？」

散らかっている部屋が目に入った。

「……監督？」

「わかった。三一二号室だよ。廊下の突き当たりの部屋」

「イエス」

何がイエスなのだろう。電話を切ってからすぐにトイレのナプキンと使用済みのナプキンでいっぱいになっているゴミ箱を押し入れの中に隠した。


五分後、ドアの前には古くなったプリントTシャツに色褪せたジーンズ姿のスホが、大きなヘッドホンを着けたまま立っていた。スホはリュックからタンブラーを取り出して、がらんがらんと氷の音を立てながらベッドの角に腰掛け、子どものようにお尻を弾ませながらマットレスのスプリングの状態を確認した。

「このマットレス、ふかふかしすぎません？」

彼は白いマットレスの角からカバーを外して、ブランド名を確認しながら首を傾げた。

「それはいいから……何の用？」

ドゥリは机の椅子の背にもたれかかり、脚を組みながら訊いた。

「監督……なんなんですか……せめて元気だったかって先に訊いてくださいよ」

スホがタンブラーを開けてアイスコーヒーを一口だけ飲み、ドゥリを横目でにらんだ。

ドゥリは返事の代わりにただ軽く舌打ちをした。

「……それより、新しいシナリオを書かれてるんですか？」

スホは机の上に積んである資料の山と半分だけ閉じているマックブックをちらちら見ながら尋ねた。

「まあね」

「こうやってホテルの部屋に監督といると、サン・セバスティアン国際映画祭のことを思い出します。監督の部屋に集まって毎晩お酒を飲みましたよね。あの時、楽しかったのになあ……」

スホが両手で頬づえをついてしばらく思い出に浸っている間、ドゥリは生理の血が漏れてズボンについたりしていないかが気になって脚を組み替えた。

「あのう……次の作品で、僕もキャスティングしてもらえるんですよね」

スホが突然目を大きく開き、ドゥリを覗き込みながら訊いた。

「急にどうしたの？　あちこちから声がかかってるだろうに」

一度トイレに行ってズボンを確認したほうがいいだろうか。いや、動いたら逆に危ないかもしれない。

スホは近くにあるクッションを一つ手に取って抱えると、それに肘をつき、手で頬づえをつきながらため息をついた。

「役がどれもありきたりすぎて……飽きちゃったんです」

「君がやりたいことと、相手が君に求めているものがズレていることってあるよね。でも時には相手に求められたことをやってよかった、ってなることもあるの」

ドゥリは思うがままの言葉を言い捨ててから、ハッとした。自分がやりたいことと、他人に求められていることとの間で葛藤し、相手に求められていることをやったほうがいいと思いながらも、そうできずにいること。それは、まさに自分の話なのではないか。これだから、何かを言う時は、一度ちゃんと考えてから言うべきだと言われるんだよなあ。鋭いスホなら、この辺で「それじゃあ監督は、どれくらいその言葉通りに生きてこられたんですか」と突っ込んでくるのだろう。

「確かにそうですね」

どう言い逃れようかとしばらく悩んでいたが、スホは素直に認めた。

口を尖らせ、呆然と頷いていたスホは、そのままベッドに倒れて長い両腕を上に伸ばした。スタッフのみんなで泊まったサン・セバスティアンの小さなホテルでも、いつもドゥリの部屋のベッドでスホが何もはばかることなくコロンと横たわっていたことを思い出した。

「はあ……虚しいなあ」

「虚しい？」

「なんですか、青臭いヤツがそんな言葉を口にするのがおかしいんですか？」

スホが天井を見上げながらニコリと笑った。

「いや。虚しさは基本的な人間の条件だもの。ただ、あんたに言われると意外だなと思って」

「そうなんです！　僕がそんなことを言うと『何バカなこと言ってるんだ。売れっ子のくせに』って言われるから何も言えなくて」

「虚しく感じるのはその人が売れてるかどうか、うまくいってそうかどうかとは全然関係ないことだからね。それはともかく、どうしたの？」

スホはしばらく目をこすりながら、どう説明すればいいか苦心しているように見えた。

「はあ……どう言えばいいんだろう……つまり……僕が、ちょっとサビてるって感じがするんです」

「サビてるってどういうこと？　まだ若いのに」

「僕ももう若くないんですよ。監督と一緒に作品を作っていた時はまだ若かったけど」

スホが体を横にしながら言葉を続けた。

「あの頃は最初だったから、芝居は下手でも情熱と自分への確信はありました。だけど、最近は自分が何をやっているのかもわからないし、ぱさぱさした殻になったような気がするんですよね。みんな僕に、下手なウソをついているようで誰も信じられないし……正直言って、自分の判断さえ信じられなくなりました。わかるんです、こんなことって贅沢な悩みだってことくらいは」

今では相手の反応を見越せるくらいに、スホは世慣れしていた。

「贅沢な悩みじゃないよ。もともとうまくいっている時こそ、より不安になったり怖くなったりするもんだから」

「そうなんですか？」

「うん。でも最近君が出た作品をざっと見る限り、芝居もうまくなってるし、配役も上手に決めていると思う。君がどう思うかとは別としてね」

スホの顔にゆっくりと笑みが広がった。

(君はフレッシュなイメージの代わりに、人気を得ただけのことよ)。ドゥリは胸の内でだけつぶやいた。

「監督のように僕をありのまま見て理解してくれる方と、もう一度仕事ができたら、このもやもやが落ち着くんじゃないかと思って」

ドゥリはその言葉に、小さなため息を吐いた。

「ねえ、今は監督が俳優を生み出す時代じゃないの」

「またそんなことを。寂しいこと言わないでくださいよ」

若い男子の甘えったら。

「私が言いたいことは、君が自分をサビてると思っているとしても、君を見る他の人の見方も間違ってはいないということだよ。客観的に見て、君はいま最も人気があって、見上げられている若い男性俳優の一人なわけで……」

ドゥリは、しばらく間を置き、

「……私は時代遅れの監督なんだから」

と言葉を続けてからすぐに後悔した。久しぶりに訪ねてきた俳優の愚痴をすべて受け止めるのに気負いして、口を止めるつもりで言った言葉が、結果的に自己憐憫のように聞こえるような形になってしまったのだ。しかし、それに気付いた時はもう手遅れだった。スホがいきなり深刻な表情をして立ち上がり、ドゥリの前にぐっと近づいてきた。

「誰がそんなことを、監督に言ったんですか？」

スホがドゥリの両手を握りしめて、怒ったような声で言った。

「……いや、ただ自分がそう思っただけ……」

スホはまるで考え事に耽っている舞台上の主人公のように、親指と人差し指で唇をつまみながら、ベッドの前の通路を行ったり来たりした。

「僕からもこう言いたいです。監督がご自分で感じていることも事実でしょうけど、ドゥリ監督を見る他の人の見方も間違ってはいない、と」

ドゥリはさっき自分で言った言葉をそのまま返してもらった。

「周りを見てください。最近はみんな、お金、お金、お金と言ってばかり。全然カッコよくないんです。商売のことしか考えない人が多すぎる。監督が芸能人気取ってたり、どうにかヒット作を出してビルを買うことしか考えてなかったりして……。監督はみんなが簡単に進める道を、みんなが通る道を拒みながら、自分でしか作れないものを作ろうとする本物の芸術家です」

重々しくそのセリフを言い切ると、スホはまたベッドに倒れ込んだ。

「ああ、すっきりした。やっぱ監督とは話しが合うんですよね」

はあ、若い男子の思い違いったら。

スホは自覚していないだろうけど、ドゥリはスホが新人時代の自分に会うためにここを訪ねてきたことを知っていた。当時の輝きは、今だからこそ見つけられるものだろうから。ドゥリもスホと撮影した作品が初めての長編だったから、スホと同じく最も揺れていた時代だった。それまでの短編映画は好評を受けていたけれど、長編を撮るようになってからそれまでとは打って変わって、過酷な評価に晒されるようになった。そもそも難解すぎるという評価を受けていたシナリオだったから、映画が市場からどんな評価を受けるか、自分でも確信することができなかった。たくさんの関係者のあいだでも評価が大きく割れたが、幸いにも製作会社には損をかけずに済んだし、国際映画祭に名を挙げることができたおかげで監督としての寿命が延びた。今思えば、あれほど不安な冒険に迷いなく身を投げられた自分も、もしかしたら当時のスホくらい輝いていたかもしれない。

スホがズボンの後ろポケットから携帯電話を取り出し、ふたたびベッドから起き上がった。

「チェッ、もう次のスケジュールの時間になっちゃいました。とにかく、僕が言ったこと、忘れないでくださいね。ね？　ホテルみたいなところでよく変死事件が起きるみたいです。憂うつな気がしても変なことしちゃだめですからね。監督って強がってるけど本当は弱いって、僕知ってるんです」

スホが部屋を出たのは、雨雲が突然の土砂降りに変わった午後五時頃だった。ドアの前まで出て見送ってから、すぐトイレに向かう。幸いにも恐れていた事態は起きなかった。ドゥリは窓際に移動して、夏の土砂降りがまるでスコールのように風に乗って斜めに降りしきっている様子をしばらく眺めていた。お世辞にももう「ヒップ」だとは言えないこのホテルを、ただ野外プール目当てに訪れただろう宿泊客たちは、自分の荷物を手に持っていそいそと屋内に逃げ込んだ。管理人が大きな傘を持ってがらんとしたプールをせっせと回りながら、デッキチェアに放り出されているタオルを回収した。雨脚がさっきより弱まってきたが、まだ完全にやんではいない。

ドゥリはふと、この一週間、プールをただ窓から覗いてばかりいたことに気付いた。冷房でひんやりと冷えている部屋で、与えられている仕事に没頭することだけを約束させられていたかのように。深く息を吐き出し、電話機で0のボタンを押してプールにつないでほしいと頼んだ。

「あのう、水着を借りれますか」

「今……でしょうか」

雨が降っているじゃないか、という意味だろう。

「そうです」

雨が降っているから、よけい泳ぎたくなったのだ。男性従業員はコホン、と喉を鳴らした。

「ワンピース型の黒い水着しかご用意がありませんが、そちらでもよろしければ……」

不特定多数の好みを考慮した、最も無難なスタイルの水着しか用意がないことへの「味気なさ」を恥ずかしがるような従業員の話し方を、ドゥリは少しかわいいと思った。

「それで十分です」

ドゥリは即答してから受話器を下ろすと、ふたたびトイレに向かった。ポーチの中をあさり、いつか買っておいて一度も使わなかったタンポンを出して、説明書にゆっくりと目を通した。そのあいだに、ハウスキーピングの従業員が黒い水着をビニールポーチに入れ、センスよくドアの外側の取っ手にかけておいてくれた。

水着を着てその上からバスローブを羽織り、裸足で地下一階にある通路を通って野外プールへと出る。雨はまだザーザー降りで、管理人の姿は見えなかった。こんな天気の時に泳ぎに来る人などいないと思ったのだろう。コーナーに設置されたはしごから降りて入水すると、冷え切った水で鳥肌が立ったけれど、目が覚めるような感じがして嫌ではなかった。体温を上げようと思い、最初はクロールでスピードを上げて二往復し、それから背泳ぎに変えてゆっくりと水に体を任せた。口を開けて雨水を口の中に咥《くわ》えてみる。入っていく時はひんやりと冷たかった水の温度が、いつの間にか体温に馴染んできた。

持続可能な創作のためには、何が必要なのだろう、と思いながら、ドゥリは薄目を開けて薄い灰色と白い雲がごった返している空を見上げていた。

安定的な収入?

書きたい話を次々と思い浮かべられる想像力?

不屈の意志や確実なコネクション?

いや、何より必要なのは「冷静さ」だろう。周りのどんなことにもほどよく超然としていられること。人々が熱狂しているものを、多少は冷めた目で見つめられること。それでもいいということを自然と受け入れられること。そうやって自らを外部から守れること、絶えず目が内側へと向いてしまうことに後ろめたさを感じないこと。

ドゥリは体をひっくり返してプール底のタイルが手の指先に触れるまで深く潜り、我慢の限界まで息を止めた。それから自分のシナリオを読み直しながら感じた、居心地悪さの実体を思い返してみた。

（無意識のうちに、他の人が私に書いてほしいと思っているものを書こうとしてたんだよ）

認められたい気持ち、いい結果を望む気持ち、それから時代遅れの人間になりたくないという気持ちを抱き、自分が大事だと思っていることが周りから意味ないと思われるんじゃないかと勝手に気負ってしまったせいだろう。すべて無駄なことだった。一度でも自分が望まない方向のシナリオを書いてしまったら、それからは「自分のもの」と思えるシナリオが書ける時間が短縮されてしまうだろうから。

これ以上息を我慢できない、と思い、ドゥリは水面から勢いよく飛び出した。

夏の土砂降りは、それほど長く続かない。薄い灰色の雨雲がゆっくり消えていくと思ったら、白い雲の間から鮮やかな青空が見えた。プールの端に両腕を預けて息を整えた。雨上がりの草の匂いが鼻をくすぐった。

明日、チェックアウトしよう。この一週間の宿泊費は自分で支払おう。それから製作会社のプロデューサーと会って、私のシナリオについて話そう。恨まれたり、プライドが傷ついたり、自分のやり方が時代遅れだということを正面から確認したりすることになるかもしれないとしても。

誰もがまるでふいに奪われてしまうかのように言うけれど、情熱はある日突然消えるわけではなく、自分で手放してしまうものなのだ。もう少し自分を信じてみて、その先のことはあとから考えても遅くない。今だって、夕暮れまで、他の客たちがまたプールに下りてくるまで、自分にはまだ十分なほどの時間がある。

フランス小説のように

一人の男が、五〇五号室の前でそっと足を止めた。彼は白いワイシャツの袖をまくり、左腕にネイビー色のリネンジャケットをかけ、右手に黒色のノートパソコンのバッグをぶらさげている。男は腕時計で到着時間を確認した。十三分、遅れている。ハンカチで額と首筋に残っている汗をそっと押さえて吸い取り、ズボンのポケットからカードキーを取り出して取っ手の下にかざした。ガチャッ、という軽やかな音。彼は重いドアをぐっと押しながら部屋の中へ入っていく。部屋に入ってすぐに、ドアの内側にかかっている「PLEASE DO NOT DISTURB」と書かれた札をドアの外側の取っ手にかける。スタッフが途中にうっかり入ってくるものなら大事《おおごと》だ。背中の後ろからドアがそっと閉まる音がした。カーペットの上にきれいに並べられている女の青緑色のミュールが男の目に入る。男が一か月前に自分で選んだものだった。

部屋の中はロビーや廊下より涼しかった。大きな歩幅で何歩か進むと、クイーンサイズのベッドと窓際にある一人用のソファ二つ、それからその間にある小さな円卓が見えた。女は白いバスローブを羽織って、一人用のソファに腰掛けたまま軽く頷いて男を迎える。男は自分のすべての動きに注がれる女のさりげない視線を優しく意識しながら、ノートパソコンのバッグをテレビボードの横にある机に立て、左腕の腕時計をまず先に外した。

「汗をいっぱいかいたでしょ……？」

女のハスキーな声には、男を労《ねぎら》う気持ちがにじんでいる。八月末の酷暑にもかかわらず、公共交通を利用して来る男の姿が目に浮かぶようだ。男には変な頑固さがあって、約束に遅れたとしても絶対にタクシーを利用しない。このホテルは山の散策路にあるため、地下鉄の駅やバス停からだと坂道をずいぶん上らなければならないというのに。女は涼しすぎて寒くさえあったタクシーに乗って丘を上りながら、山道を歩いて上るだろう男を思った。すると、少しばかり胸が痛くなった。この炎天下で、外を歩き回る人は一人も見当たらなかった。男がもっぱら自分に会うため燦々《さんさん》と照りつける太陽の下を、汗をかきながらあの道を上ってきてくれたことへの喜びと、そんな苦労をかけてしまったことへの申し訳なさが女の心の中で甘ったるく交差した。

しかし、男は女の言葉を字面通りに理解して、汗にびっしょり濡れた体を気にした。額と首筋の汗をハンカチでしっかり拭き取ったと思ったのに、シャツの脇が油を吸った油取りシートのようになっていることに気付き、男は顔を赤らめる。

「すぐシャワーを浴びてくる」

猛暑にへこたれず、無事にここまで辿り着いた自分が偉いと思えたけれど、さらに男はどうしても女によく思ってもらいたかった。

「いいの」

バスルームに向かう男を、女が一言で引き止める。不思議にも男は、体がもうべたつかないような気がした。男がずいぶん穏やかになった表情で女に目を向けると、女はぎゅっと締めておいたバスローブの紐の結びをゆるくほどいた。手のひらくらいの隙間が空いて、半月のような薄だいだい色の胸とこげ茶色の陰部がバスローブの白さと鮮やかな対比を見せながら現れる。男は困っちゃう、と言わんばかりの眼差しを女に向けた。困惑した時に目じりが下がる男の癖を、女はこのうえなくかわいいと思っていた。黙って口角を上げながら、女は視線を男に固定したまま、ソファの両肘掛けにつるんとした脚を一本ずつ、ゆっくりと預ける。男はやるべきことの順番が変わっていることに、すぐに気付いた。

男はソファに近づき、ひざまずいた。それからシャツの袖をもう少しめくり、ゆるく結ばれている腰紐をさっと引き抜く。開いたバスローブの間から現れた美しくて愛おしいそのすべてに、できる限りの敬拝を捧げた。どこも疎外されたり、寂しい思いをさせたりしないように、繊細に気配りしながら。女の両脚はいつの間にか男の両肩に一本ずつ乗せられていて、男はもっと女を奥深くまで、丁寧に探索した。男のシャツに染みている汗が消えていく分だけ、女が息を深く吸い込むたびに、体のさまざまな溝に汗がにじんできた。男は女の体が徐々に燃え滾《たぎ》るのを感じて女を優しく抱き起こし、場所を移した。

＊

「チェックアウトって午後六時だっけ？」

二人のあいだで嵐が吹き荒れたあと、ベッドに伏せたままじっとしていた女が、ようやく仰向けに姿勢を変えながら尋ねた。

「そうだよ」

男はちょっとのあいだで色の濃さが増している女の乳首をじっと見つめ、床に落ちている白いシーツを拾って彼女の胸まで被せてあげた。

「こんな高級ホテルもデイユースできるって知らなかった」

女はいま目が覚めたかのように目をこすりながら、けだるい口調でつぶやいた。

「宣伝はしてないけど、業界では知られていることらしい」

男が腕枕をしようとすると、女は彼の胸に顔を埋めた。

「それでも、フロントに電話して訊くのはばかれたんじゃない？」

女が男のみぞおちに人差し指で触れながら唇を前に突き出した。男は穏やかな笑みを浮かべて女の頬を撫でながら首を横に振った。

「今ここに……あたしたちみたいなカップルって多いかな」

いたずらな眼差しで、女は目を大きく開けながら尋ねた。

「どうだろう」

男は女の人差し指を口に咥えて、優しく噛んだ。

「ここにこうして一緒に横たわってたら、P課長のことを思い出すわ」

「P課長？」

男は初めて耳にする名前に少しばかりしかめっ面になった。女は大したことないというふうに頷くと、その話を始めた。

*

「昔、広告会社でコピーライターとしてしばらく働いたことがあってね。一年も働いてないから、あなたには言わなかったと思う。コピーライターはもともと、クライアントとの打ち合わせに参加しないんだけど、その時はクライアントが外資系の銀行だから金融関係の知識とか業界用語を覚えておいたほうがいいだろうということで、アカウントエグゼクティブ（AE）があたしをわざと連れて行ったわけ。じゃないと、しょっちゅう情報共有をしなければならなくて面倒だからね。

あたしって数字が苦手なのは、あなたも知ってるでしょ？　だから金利、ファンド、為替、信託……そんな言葉を理解しながら広告のコピーを書かなくちゃならなくて死にそうだった。何度も担当クライアントを変えてほしいと上司に頼んだんだけど、全然聞いてくれないわけ。結局、立て続けに何度かミスを起こして、クライアントの部長にものすごく怒られたの。あとから聞いたんだけど、アカウントエグゼクティブがその日怒られるだろうと予想して、わざとあたしに試案を持って行かせたらしい。最悪なヤツらだよね。けちょんけちょんに言われて青ざめた顔でエレベーターを待ってたら、誰かの指が触れただけでも泣き崩れそうになって。その時、クライアントの部長と同じチームだというP課長が廊下を通りかかって、あたしを見つけて声をかけてくれたの。銀行関係の仕事って最初のうちは難しいとね。みんなそうやってミスしながら仕事を覚えていくと。みんな同じだし、そのうち慣れるだろうと。隣の席でけなされているあたしを見て、かわいそうって思ったみたい。その方があたしに声をかけてくれたのは、その時が初めてだったんだよね。

男だったかって？　そうだよ。男だったの。えっと、既婚者だったし。わかるよ、あなたがどんな想像してるか。取引先の女性従業員にちょっかいを出す中年のおじさん……とか？　でも、みんなが想像するような人ではなかったよ。なんというか、品のある方だった。もちろん当時外資系の銀行で働いてたエリートは、だいたい知的で洗練されてたけどね。他の人たちはどこかちょっと神経質で、腹黒い野望がにじみ出てたとしたら、P課長だけは周りの空気が全然違った。いつも優雅な静物画のように静かに席に座っている姿が、まるで働いているのではなくて金融業界のサラリーマンを「演じて」いるかのようだったの。そうそう、簡単に言えば、あたしにちょっかいを出そうとして優しい言葉をかけたわけじゃないってことよ。いくらあたしが世間知らずだったとしても、それくらいは見透かせるもん。とにかく、あの時、あの方にかけてもらった慰めの言葉が大きな力になった。みんなあたしのせいにして責め立てる状況では、藁にもすがる思いになるもんだから。

その日から、気を取り直して金融関係の勉強に励んだよ。切実になると、とうてい理解できなかったことでも一つ、二つ、頭に入ってきた。ちょっとずつ銀行の広告では、どういうメッセージが核になったほうがいいかわかる気がして、それからはウソのようによくなっていったわ。クライアントとの打ち合わせも楽になったし、信頼も得た。会議室の前を通るP課長と目が合う度に、彼は良かったと言っているかのように、透明なガラスの窓越しを微かな笑みを浮かべて通り過ぎてた。「すべて課長のおかげです」とお礼を言いたかったけれど、打ち合わせが終わってからこっそり席を覗くと、いつも外出中だったり、席を外していたりしたんだよね。

そんなある日、クライアントの打ち合わせがあって訪ねたら、P課長の机がきれいに片付いていたわけ。退社した人の机みたいに何もなかった。少し変だと思って、打ち合わせが終わってからそのチームの係長にさりげなく尋ねてみたの。P課長は部署移動されたんですか、ってね。そうしたら係長も近くの従業員たちも顔をこわばらせたまま、何も答えてくれなくて。何かあったんだろうと思ったけど、それ以上は聞かなかった。その頃は私も仕事に慣れて、みんなとうまくいってたから、正直言って前のようにP課長を心の支えにしていたわけではなかったからね。というか、実を言うと、感謝する気持ちが強すぎてかえって負い目を感じていたから。それであたしも、それ以上P課長のことを気にしなくなったの」

「ひどいな」

男が女のふっくらとしたほっぺを軽くつねりながら言った。

「そうね」

女はまるで他の人を咎めるかのような感じで言った。

「その数か月後に、その広告会社をやめたんだけど、それからずいぶん月日が経ったある日、その銀行の係長と偶然あるカフェで鉢合わせてね。思わず、気付かなかったふりをして顔をそむけちゃった。なんでって……。一昔前に上下関係にあった人と顔を合わせるのって苦痛だからね。仕事だから無理していい顔しただけだったから……。なのにあっちは故郷の友だちにでも会ったみたいに、あたしを見て喜ぶわけよ。困っちゃってね……。本当はあれこれ言い訳してカフェを出ることもできたけど、突然ふとP課長のことを思い出して。まともにお礼できなかったのがずっと心残りだったみたい。それで、ついでにP課長がいなくなったいきさつでも訊いてみようと思って、そのまま相席したの。どう考えても、何かとても悲しくて悪いことがP課長に起きたような気がしたから」

女は当時の複雑な気持ちを思い出したかのように、長いため息を吐き、今でもその事実を消化できていないかのようになかなか話を続けられなかった。

「ああ、それで？」

男はなぜか、彼女が気持ちよく打ち明けられるように手助けしなくてはいけないような気がして、女の腕の内側の柔らかい肉に長い口づけをし、ぴりぴりしている神経を宥めようとした。

「はあ……P課長は」

女が軽く息を吸った。

「それがね……姦通罪（配偶者がいる者が別の異性と性交することで成立する刑法上の罪。憲法に違反するとして、二〇一五年に廃止された）で刑務所に入ってたというわけ。自分の耳に入ってきた言葉が信じられなくてね。姦通という言葉とは全然結びつかない人だったから」

姦通という言葉と結びつく人とは、いったいどういう人なのだろうと、男は頭を巡らせた。

「もちろん、人って見た目とは違うもんだから、そういうこともあるってことはわかるよ」

男の頭の中を見透かしているかのように、女が言った。

「だからね、あたしは、彼が姦通したところにびっくりしたんじゃないの。あたしは、P課長があえて刑務所に入ることを選んだということに驚いた。妻に姦通罪で訴えられた場合、ほとんどの夫は平謝りに謝るらしい。姦通罪で訴える場合、離婚を前提にしなくてはならないけど、妻が本当に離婚がしたくて訴えるケースって少ないらしいんだよね。主に夫を脅かす目的だし、夫のほうも平謝りに謝って許しを請う。しかもだいたい執行猶予付きの判決を受けるのに、P課長は何もしようとしなかったって。妥協しないで、対価を支払うことにしたってこと。あ、でも不倫相手のためでもなかったらしいよ」

「じゃあ……どうして？」

「知らないわ。手にしているものも多くて安定しているあの洗練された人が、どうしてわざわざあのような選択をしたのか、不思議だったんだよね。入所する前に、辞表を出したって。今思えば、P課長の妙に超然とした感じはちょっと……人生にもはや期待していない、あきらめがついた人から漂ってくるものだったかもしれない。手にしているものをいつでも手放せる準備ができているような。面白いのは、彼が刑期を終えて満期出所した次の月かいつかに、すごい勢いで姦通罪が廃止となったんだって。タイミングが、ちょっとね」

「その人のことが心配だったんだな」

男は「その人のことが内心好きだったんだな」と言おうとしたが、言い方を変えた。心配するのが好きであることでもあるわけだから。心臓が少しばかりゾクゾクしたのは、嫉妬だっただろうか。

「ううん、というより、人間って内面までは知り得ないもんだって思って。いったいどんな思いだったんだろうね」

女は眉間にしわを寄せながら、今だに解けない疑問でもやもやした。

「とにかく話が長くなったけど、要はＰ課長も今のあたしたちみたいに、昼間にこうしてホテルのベッドで時間を過ごしてたのかな、とふと思ってね」

しばらく話を続けてから、女は少し疲れた感じを見せた。男は腕枕から抜け出てふたたびうつ伏せになった女の背中を、黙ってなでおろした。

「ねえ、浮気する人って『もともと』そういう人だと思う？　自分があとで大人になってそういう人になるって、わかってたのかな」

うつ伏せのまま、女が男に囁くように訊いた。

「いや、誰も知らなかっただろうと思うけど」

男の手が女のお尻の割れ目へと滑らかに滑り込んだ。

「……だよね？」

「きっとね」

男はきっぱりとした声で女を安心させた。

「ねえ、ここって今年いっぱいで閉館になるって。それでなんだけど……あたしたちもそこで終わりにしない？」

女が突如として男に訊いた。男は何のことだろうと思って混乱しながら咳払いをした。しかし女は、何知らぬ顔ですぐに別の話を始める。

「あたし、ここがとても気に入ったわ。閉館する前にもう一回来る？」

「……いいね」

男はさっき聞いた女の言葉を忘れることにした。女を煩《わずら》わせたくなかった。

「もう四時だよ。チェックアウトは午後六時って言ってたよね」

同じ質問を二回もするのは、追い立てられている気がしたからだろうか。女は普段から少しせっかちなタイプではあった。

「そうだな」


女はシーツを払いのけて勢いよく起き上がると、裸のまま窓際に立ち、カーテンを思いっきり開いて外を見下ろした。鮮やかな黄緑色の芝生と生い茂る木々の陰の横に、まぶしいほど青々としたプールが波打っている。親しみを込めて相手に呼びかける声と、ぴちゃぴちゃと水遊びをする音が軽やかに混ざり合っていた。

「外から見えちゃうぞ」

男があとから起き上がって、女の体をシーツでぐるぐる巻いた。

「あれを見たら、泳ぎたくなっちゃう……」

男は女を後ろから抱きかかえて、彼女のやや骨ばった右肩に唇をつけた。

「俺はそろそろ会社に戻らないと」

男はカーペットに落ちている服を一つずつ拾って身に着け始めた。

「シャワーは？」

また会社に戻らなければならない男に、女は少し申し訳ない気持ちがした。

「いいんだ。あまり時間がないし」

「体から匂いがするかもしれないのに……」

「少し残しておくのもいいだろ」

それが自分の匂いだと思うと、女はしかめ面になった。

「ゆっくり休んで、目いっぱい楽しんできてください」

男は別れ際にはいつも女に敬語を使った。

「わかりました。じゃあ、また」

女は裸を隠していたシーツをわざとらしく手から離した。

*

数時間前に上った道をまた下りながら、男は真昼の直射日光が少し和らいでいると思った。そうはいっても夏は夏。シャワーを浴びなかったのは、外に出ればすぐにまた汗をかくだろうとわかっていたから。おそらくタクシーを呼んで家に帰るだろう女には、そんなことはわからないだろうけれど。

男は会社に戻って外回りの日報を書き、同僚たちと翌月に行われるイベントの細かい調整をした。退勤まで残り二十分というところで、女からメッセージが届いた。
〔夕飯は？　さっき食べて帰ると言ってたっけ〕
〔いや、すぐ帰るよ〕
しばらく、女からの反応がない。
〔何食べる……？〕
女が内心、早く帰ってきてほしくないと思っていることを、男はすぐに察知した。こういう時に「何でもいいよ」という返事は、致命的な誤りである。
〔ごめん、まだちょっと残業するかもしれないから、会社の下で軽く食べて帰ることにするよ〕
〔あ、そう？　よかったわ。実はさっきあなたが帰ってから、ちょっと小腹空いちゃってホテルのルームサービスを頼んだの〕
〔チェックアウトの時間は、大丈夫？〕
携帯で時間を確認することもできるが、男は必ず腕時計で時間を確認する。
〔フロントに電話してあと二時間延長した。料金は一時間分だけ請求するって。ここ、すごく親切ね〕
いつもと違って言い訳のような言葉を長々と言い並べる女を、男は少しばかり気の毒に思った。

「よかったな」

期待した通りの返信をもらった女からは、それ以上返事が返ってこなかった。

退勤時間が少し過ぎているのに、地下鉄の中は大勢の人と、疲れた一日を送った人々から漂うジメジメとした空気でいっぱいになっている。さっきまで外で流した汗の臭いは、そのまま凝縮されており、前と後ろで体をくっつけている名前すら知らない人々とじっと分かち合わなければならなかった。地下鉄が一瞬地上に上がり漢江《ハンガン》の橋を渡る区間では、男は手に持っていた携帯電話をポケットにしまって遠ざかっていく漢江の風景を目で追った。それから今日の昼のことを落ち着いて思い返した。

すべては、少し前の女の三十五回目の誕生日から始まった。女と男はほとんど一年中穏やかで仲良しの毎日を送っていたけれど、年に一度だけ、女の誕生日には決まって夫婦ゲンカをした。女がどんな期待をしているかを、男は理解することができなかった。しかし、はっきりとした期待がある女は必然的にがっかりした。平和主義者の男は、女とケンカになるのが嬉しくなかったうえに、女がケンカ中に涙だらけの顔になると頭の中が真っ白になって困惑した。

夫婦ゲンカは、女の望みを男が自分なりに理解して、手段と方法を選ばずにそれを女に差し出すことでたいてい解決した。しかし、結婚年数を重ねるにつれ、女の期待はさらにあいまいさを増していき、男の胸を詰まらせた。会社の仕事は、年月が経ち、キャリアを積めば積むほど確実で鮮明になってくるのに、どうして女の気持ちは、一緒に過ごす時間が長くなればなるほどもっと難しくなるのだろう。自分に何を期待しているかをすぐに教えてくれないこと、それ自体が女からの罰であることが、男にわかるはずなかった。どうしてここまで物事を複雑にして苦労しなければならないのか、男はとうてい理解できなかったけれど、女をがっかりさせたまま放っておくわけにはいかなかった。そんなことをするには、男はまだ女を深く愛していたのだ。

迫ってきた昇進試験へのストレスも重なって男の忍耐力が底を見せ始めた頃に、女がなぞなぞクイズをやめてぎゅっと閉じていた口をそっと開いた。

「だから、小説の一場面を経験してみたいってことなの」

帰宅後にダイニングテーブルに腰掛けて昇進試験の勉強をしている男に近づき、女は吐き捨てるように言った。

「この間、俺に勧めてたあの本のこと？」

ケンカ後に初めて女と言葉を交わす時は、平然とした感じを見せるのがいい。さっきまで会話をしていたかのように。女はゆっくり頷いた。それはおそらく、フランス人の女性作家が書いた小説だったはずだ。ベッドサイドのテーブルにずっと置いてあったあの本のことなのだろう。近頃残業の日が多かった男には、小説を読む時間どころか昇進試験の勉強をする時間さえ足りなかった。

「ごめん、まだ読めてないんだ。小説のどの辺の話だろう？」


次の日の朝、付箋で印がつけられている本がダイニングテーブルの上の、男がいつも座る場所にそっと置いてあった。朝七時には出かけなければならない男は、トーストの半分を辛うじて口に詰め、急いで本を手に取って家を出た。地下鉄を一本乗り遅れることになっても、遮光カーテンで閉め切られた部屋に入りアイマスクをして眠っている女の額にキスをするのだけは忘れなかったけれど。

女がどうして自分の口から言わなかったのか、男は出勤中の地下鉄で付箋の貼られた場所を読んで理解した。ざっくり言えば、一人の女と一人の男が白々とした真昼のホテルで体を交わし、惜しみながらお別れをする場面だった。別に夫婦のあいだで「その」方面には問題がないと思っていた男は、なぜ女がこういうマネをしたがるのか、一見うまく理解できなかった。正直、回数から言っても満足度から言っても申し分ないだろうから。そんなこともわからないくらい鈍い人間ではなかった。ひょっとしたら少し前から、三十代の後半になったら誰も自分を女として見てくれないだろうとぶつぶつ独り言を言うようになったのと関係があるのかもしれない。上司との関係が悪くて悩んでいた職場をやめて、「やはり無職が性に合う」と言っていた女が、日常で倦怠感を覚えたのだろうか。それとも夫婦関係で倦怠感を……？　男はしばらく小説の中の場面が持つ意味について考えを巡らせた。しかし、ここで大事なのはたった一つ、男は女を深く愛しており、女の望みなら何でも聞いてあげたいと思っていることだけだった。愛する人を愛することへの労を惜しむなら、いったい何に精を出すべきというのだろう。男はその日、家に帰ってすぐソファに横たわって映画を見ていた女に近づき、本を読んだし、ちゃんと理解したと淡々と伝えた。

「ただ、モーテルやブティックホテルみたいなところだと困るからね。あくまで優雅でクラシックなところじゃないと」

女がソファから起き上がり、キッチンに移動して冷蔵庫のドアを開けながら、何かに疲れたような口調で言った。彼女が流すようにして語っていることこそ、実は最も強調したいことだということくらい、男は長年の経験で理解していた。

（はあ、またペットボトルに口をつけてるぞ）

男は眉間にしわを寄せながら、女が気持ちよさそうに水を飲んでいる様子を眺めた。男が急いで取り出してきたコップを渡しても、いつも直飲みだった。

いわゆる「優雅でクラシックな」ホテルの宿泊料金が想像よりもはるかに高いことを知って、男は開いた口がふさがらなくなった。彼は決してケチではなかったけれど、生活をするうえで必要のないものを買ったり、収入や経済状況に見合わない消費をしたりするのはできるだけ控えたかった。水はできるだけコップに注いで飲むのがいいのと同じように。

男は社内食堂で昼食を済ませてから、屋上公園のベンチに腰を掛けてホテル予約サイトからいろいろなホテルを検索してみた。それからグラフホテルというところが、他の五つ星ホテルよりひときわ安いことを発見した。いいホテルに見えるのになんで？　と首を傾げていると、隣の部署の男性社員が来てベンチの隣に腰を下ろした。

「課長、何されてるんですか。へえ……ホカンス（ホテルとバカンスを組み合わせた造語。遠方に出かけずに、ホテルで優雅な時間を過ごすこと）ですか。それか……ひょっとしてデイユースだったりして？」

社員は携帯電話の画面をパッと覗いて、いたずらっぽい口調で訊いた。

「デイユースって？」

男は真面目に尋ねた。

「ですよね。課長のように高尚な方がそんな言葉を知るわけありませんよね」

社員は、半分感嘆し、半分呆れながらクスッと笑った。

「昼間だけ数時間利用することもできるんです。だからあの……」

「そうか、モーテルみたいにってことか」

男は頑張って知っているふりをした。

「それが、必ずしもそうではないんです。高級ホテルでもフロントに直接問い合わせれば、昼間だけステイできるところが多いそうです。業界内では公然の秘密になっているらしくて」

女ははっきりと、小説通りに「昼間に会って、昼間に別れること」を求めた。費用もだけど、せっかく予約した部屋を夜から空室にしておくのはもったいない。念のため男は、他の人たちが残した口コミの写真を注意深く確認した。今の時代は、実物と全然違うというケースが多すぎる。しかし、ここは本当に優雅でクラシックな場所だった。入社してからずっと営業担当だった男にとって、ホテルのフロントに電話して「昼間に数時間だけ利用できますか」と問い合わせることくらい朝飯前だった。

もしかしたら自慢げに聞こえるかもしれないけれど、男は「すべて完璧だった」と自ら評価している。客室から出る時の妻の表情は晴れていたし、昼間のセックスも悪くなかった。いや、悪くないというレベルではなくて、実はホテルのカードキーをドアにかざして中へ入った瞬間から、男もずいぶんとその状況を楽しんでいた。たとえ今はけだるい感じがしても、数時間前に経験した非日常を思い返すと、ふたたび地下トンネルに入った地下鉄の窓に映っている自分の顔に、そっと笑みが浮かんだ。他の営業マンたちは、外回りを言い訳にしてしょっちゅうプライベートな用事をこなしたり、サウナに行ったりするけれど、一度もそんなマネをしたことのない男は、今日一日の小さな逸脱が誇らしくて、楽しかった。

そんな中、ふと、女がベッドの中でだしぬけに口にした妙な言葉を思い出した。ホテルが十二月末に閉館するというから、あたしたちもそこで終わりにしようか、と言って「別れ」を告げたのだ。雰囲気に酔っていたずらに小説通りの展開を演じただけだろうけれど……。

男は首を横に振った。しかし、考えが尾を引いた。もしかしたら……女には別れを告げたい誰かが、本当にいるのかもしれない。もしかしたら……女は気持ちが揺れ続けて、その人と十二月末まで猶予期間を置きたいのかもしれない。もしかしたら……女が今度の誕生日に心から願っていたのは、そのことに男が気付いてくれることだったかもしれない。

突然すきっ腹からむかむかする感じがして、男は奥歯をぐっと食いしばった。ポケットから携帯電話を取り出して女に電話をかけたいという衝動に駆られたが、その時に聞こえてきた「次の駅は」というアナウンスでハッと我に返った。次の駅で降りて別の線に乗り換えなければならない。うっかり乗り過ごしてしまったら、その次の駅で改札口から一度出て入り直さなければならないので面倒なこと極まりない。昇進試験の準備で疲れがたまっているし、直射日光を浴びながら長時間歩いたせいでばててしまい、神経が少し尖っただけなのだろうと自分に言い聞かせた。

男はポケットの中でいじくりまわしていた携帯電話をそのままにして、ノートパソコンのバッグを両腕でぎゅっと抱きしめながら人ごみをかき分け、かろうじて駅のホームに降り立つことができた。

ハウスキーピング

ジョンヒョンがアメニティカートを押しながら長い廊下のカーペットを進む。どこか演劇的な風景だ。ダークネイビーのワンピースの上からかけている白いレースのエプロン、足首まで届く白い靴下と黒いメリージェーンシューズ、丸くまとめた髪。カートに山盛りになっている白いタオル、トイレットペーパー、アメニティ用のシャンプーやコンディショナーなどは、まるで舞台装置のように見える。エレベーターの前の廊下と違って客室前に設置された暗いピンスポットライトまでも、だ。ハウスキーピングの日誌に担当部屋の番号と客のチェックアウトの時間、作業時間をこまめに記録するジョンヒョンのすまし顔は、まるでホテルメイドを「演じて」いる俳優のようである。

だが、決して単なる真似事や芝居なんかではない。ホテルのハウスキーピングの仕事では部屋を掃除するだけではなく、夜の間部屋に泊まった客のかすかな匂いを含めたどんな痕跡も一切残してはならない。部屋一つに当てられている時間は、三十分くらいだ。ゴミを捨てて寝具や浴室のアメニティを交換したり、ホコリをはたいて掃除機をかけたり、ミニバーの冷蔵庫、文具類、それから浴室のシャワーガウンやスリッパなどの備品をチェックしたり、家具や電気製品などが壊れていないかを確認したり。やるべきことは何十にものぼるけれど、毎日同じ仕事を繰り返してきたジョンヒョンは、すべての些細な手順をすっかり身に付けている。

最後は客室にある一人用のソファに深く座り、客目線で部屋全体をじっと見渡してチェックする。もしかしたら窓に残っている指紋の跡や壁の汚れ、あるいはカーペットの汚れが見えるかもしれない。それから絶対忘れてはならないのが、トイレの掃除だ。それはメイドの仕事を始めたばかりの頃には誰もが戸惑う作業だけれど、完璧な清潔さを追求しなければならないという意味では、仏教の修行に通じるところがある。客室の「ソファ」で行う儀式のように、トイレ掃除を終えたあとは、水気のない浴槽に入って、客の目線から浴室の全体を見回した。浴室に横たわっていると、特に便器の内側がよく見える。うっかり見逃しそうになった便器の内側の汚れを、ジョンヒョンは夢中になってきれいに落とした。

ホテルで働くようになって、ジョンヒョンは人間が生み出す様々な分泌物に感心した。人間の体液はこれほどたくさんの色と粘度を持つのか、体毛はまたその太さや長さや縮れ具合がこれほど異なるのか。

メイドたちは時々休憩室に集まって、客が残していった分泌物の汚さについて言い合った。しかし、ジョンヒョンはホテルの部屋に体から出される分泌物を残すことこそ、客の権利と言えるのではないだろうかと内心考えている。愛を交わす行為が尊いものと思われているのも、相手の汚い部分までを喜んで共有できる熱い気持ちの所以だろう。

＊

「あのう……こういう忘れ物はどうすればいいですか」

仕事を終えてから休憩室で休んでいると、ジョンヒョンに一週間前に入社したメイドが近付いてきて、困ったような顔をして尋ねた。彼女の手には白いレースの下着が入っているビニール袋がぶらさがっている。

「手洗いしてから、しまうのを忘れたとか？」

本を読んでいたジョンヒョンが顔を上げ、ちらっと目を向けながら答えた。

「でも……洗濯されてないんです。浴槽の手すりにかかってはいたんですけどね」

（ホテルで変わった忘れ物がどれほど頻繁に見つかっているかを知ったら、みんなどんなに驚くだろう）。要らないなら捨ててほしいとはっきり書いておいてくれればいいのに……捨ててほしいのか、うっかりしただけなのかがあいまいな、忘れ物として扱うにはちょっと恥ずかしい物が思いのほか出てくる。

「それじゃあ、まだ捨てないであそこにある遺失物ボックスで一週間だけ保管したらどうですか」

そう言って、ふたたび本の世界に戻ろうとしているところに、仕事を終わらせた五人のメイドが休憩室にぞろぞろと入ってきた。

「それって何？　何かあった？」

新米メイドの手にある物に興味津々な様子の先輩たちに、新人は気後れした顔で「汚い高級下着」だと核心をつく説明をした。

「えっ、早く捨てなよ！　だらしないんだから、ったく……」

最年長のヒスクが、唖然とした顔の前で手をパタパタと振った。目障りなものは自分のやり方で片付けないと気が済まないタイプである。新人は困った顔で、違うアドバイスをしたジョンヒョンの顔をうかがった。

「どうした？　ジョンヒョンさんは捨てないでって？」

自分ではなく、ジョンヒョンの意見をより気にしている新人を見て、ヒスクは苦笑いを浮かべた。

「このあいだも、使用済みの下着を取りに来たお客さんがいたんですよね」

ジョンヒョンは本から目を離さずに淡々と言った。

「忘れ物かどうか区別がつかないものを置いておけるように、私が備品ロッカーの隅に保管用のボックスを作っておいたんです」

しんとした空気が休憩室を包み込む。腕を組んで話を聞いていたヒスクは、舌打ちをしてジョンヒョンをにらみつけた。

「じゃあ、そうしたらいいじゃないの……ジョンヒョンさんっていつも正しいんだからね」

ヒスクが目じりを立てて嫌味を言った。ジョンヒョンは本の続きを読むのをあきらめて、外の空気を浴びようと警備室の横を通って外へと出た。こういう時はその場を離れるのが得策だった。

ハウスキーピングの部署ではいっとき、ジョンヒョンについての様々な噂が立っていた。この頃は「お金持ちの奥さんだったのに、夫の会社が潰れてこの仕事をしてるんだよ」とよく言われているけれど、入ったばかりの頃は「作家が本業で、いま取材のためにメイドの仕事をしている」とか「言語障害がある」とかと言われていた。他の従業員と交流しようとしないし、口数も少ないし、休みの時間に手から本を離さないから、という理由だった。

「あたしたちと違うもんね。鼻も高いし、目もキラキラしてるし。なんというかキリッとした感じがあるわね」

言葉を交わそうとしないジョンヒョンについて、相手を見くびっているし傲慢だと、メイドの仲間たちからぶつぶつと文句を言われていた時期もあった。それでもジョンヒョンが大した反応を見せずにぐっと堪えていると、その陰湿な関心は波のように押し寄せたあと、次第に引いていった。しょっちゅう誰かが入ってまた離れていくハウスキーピングの部署で、ジョンヒョンはできるだけ人の目を引かずに五年という時間を働いてきた。仕事を変えるチャンスがなかったわけではない。退社後、良才洞《ヤンジェドン》の豪邸で住み込みのハウスキーパーとして働いている同僚から、近所にハウスキーパーを探している奥さんがいると何度も連絡をもらった。

「口が堅くて、物静かな人を探してるんだって。ジョンヒョンさんがぴったりだなと思ってね。ホテルは給料が少なすぎるし、仕事も毎日変わらないから、ちょっと飽きるよね」

ジョンヒョンは推薦してもらえて嬉しいけれど、今のままがいいと即答した。スタッフ用の社内食堂で三食を済ませられるのもよかったけれど、それより「何も考えずに同じ仕事を繰り返す」ことこそ、ジョンヒョンのやりたい仕事だったのだ。その結果、今ではこの部署で勤続年数が最も長いスタッフとなっている。

＊

ジョンヒョンについての噂は、大学の同期のあいだでも広まっていた。「仕事をやめてアメリカに渡り、ロサンゼルスのコリアンタウンでキャバ嬢をやっている」というのと、「病気で死んだ」という噂だった。だから、四〇七号室からキャリアケースを引いて出てきた、同じ社会学科だったサンウォンが、ジョンヒョンを見て幽霊でも見たかのようによろめいたのも不思議ではない。

「オ・ジョンヒョン……？」

洗濯済みのふわふわタオルをカートに詰め込んでいたジョンヒョンは、自分を呼ぶ声に顔を上げた。薄い水色のシャツにコットンパンツ、茶色のつるつるした革靴といった格好の男が十歩ほど離れたところに立っている。

「覚えてる？　俺、ユ・サンウォンだけど」

自分を指でさしながら慌ただしく問いかける男に、ジョンヒョンは目をパチパチとさせながら頷いた。

「どれくらいぶりだろ……君と急に連絡が途絶えたから、みんな何かあったんじゃないかと……」

サンウォンは驚きと嬉しさが交差しているような表情で言った。

「何かって？」

ジョンヒョンは廊下をきょろきょろ見回しながら訊いた。ホテルのマニュアル上、スタッフは宿泊客と雑談を交わしてはならなかった。

「まあ、病気が重いとか……」

「で、死んだって？」

ジョンヒョンが込み上げてくる笑いを堪えながら淡々と訊くと、サンウォンは返事をする代わりに豪快に笑って見せた。ジョンヒョンが死なずに生きているのがわかったからよかったというような笑いだった。

大学四年の冬休みに階段から転げ落ちて骨折したジョンヒョンは、一か月以上入院を余儀なくされたため、卒業式に参加することができなかった。その後も半年くらい大学を休むことになり、就活の準備がちゃんとできなかったという理由で他の大学の大学院に進学したが、結果だけを言えば、それは時間の無駄だった。学部の友達との連絡が自然に途絶えて、何人かに話が伝わるうちに「不治の病にかかり、孤独死した」と噂が膨らんでいく過程を、ジョンヒョンはただそっと見守っていた。人から人へと噂が伝わる際に、人間の想像力がどこまで広がっていくものか。自分から訂正しようとする気すら起きなかった。

止まっていた時間を思い浮かべながら、サンウォンが自分の近況について語り出した。釜山で父が営んでいた事務機器の事業を引き継いでいてソウルには出張で来たのだ、たまたまこのホテルが打ち合わせの場所と近かったし、特価セール中だったしで……。

一人で話し続けていたサンウォンが、突然気まずそうな顔して話をやめた。

「とにかく元気そうでよかった」

サンウォンはジョンヒョンの肩をぽんと叩きながら、きまり悪そうに咳払いをした。ようやくジョンヒョンが着ているメイドのユニフォームが目に入ったかのように。ジョンヒョンはハウスキーピングメイドという仕事が、世間でどんなふうに見られているかよく知っている。不特定の人たちが生み出した汚れを処理する一連の作業は、たいていの人に気の毒な気持ちを覚えさせるらしかった。「こんな仕事をやってるということは、きっと言いにくい不祥事でもあったにちがいない」という先入観も咄嗟に加わる。サンウォンは気まずさを解消しようとしてか、ズボンのポケットから財布を取り出して名刺一枚をジョンヒョンに差し出した。しょっちゅう授業を休んでいたジョンヒョンに、ノートを貸してくれた「社会調査方法論」の授業でのように。

「何かあったら連絡して。それじゃあ、また」

ああ、まただ。あの気の毒そうな眼差しと言い方。

「あ、そう言えば大学のグループトークを作ったんだった。君が入ったらみんな喜ぶと思うけど、電話番号教えてもらえる？　俺が招待するよ」

それからちょうど五分後、ジョンヒョンはうまく言いつくろって断ることができなかったバカな自分を責めた。

仕事帰りに、ジョンヒョンは喉に刺さった魚の骨のように、後悔の念が頭から離れなかった。でも明日と明後日は休みなんだし、あまり気にしないで忘れたかった。サンウォンはきっと、「君がメイドだからって見くびったりしない」という優しい気持ちで、グループトークの話を持ち出したのだろう。

（そんな必要ないのに）

ジョンヒョンにとって大学は、一年に二回、同窓会から送られてくる会報くらいの存在感しかなかった。どうやって住所がわかったのか、根も葉もない噂が広まっているあいだにも、誰かはこれほどにも正確にジョンヒョンの居場所を突き止めていた。会報をめくってみると、教職員たちの動向と初々しい在学生たちのイベント写真、有意義な社会的成果を上げた卒業生たちのインタビューなどが載っていた。しかし、結論は会費の支払いのお願いだった。太っ腹な寄付をした卒業生たちの名前は、その金額だけ大きく掲載されている。もちろんジョンヒョンの名前は、卒業してから一度も載ったことがなかった。

ジョンヒョンは家の前のコンビニに寄って二リットルの牛乳を買い、コンビニのゴミ箱にサンウォンの名刺を捨てた。

*

ジョンヒョンは勤務日と同じように、休日にも徹底してルーティンを守るようにした。まず一日は、気が済むまで寝た。なんだかんだ言っても、メイドの仕事は大変な肉体労働だ。二つの部屋のうち、一つにはクイーンサイズのベッドを一つだけ置き、年がら年中厚めの遮光カーテンを閉め切っている。窓を開けても隣のビルのセメント壁しか見えなかったし、光も入ってこなかった。隣のビルの二階は教会で、運が悪いと、早朝の祈祷会や日曜日の朝の礼拝の時間に目が覚めることがあった。壁をつたって聞こえてくるお祈りや歌声に気が滅入りそうになると、頭まで布団を被って自慰した。それからそのままぐったりして二度寝をすることもあれば、起きてじっくり時間をかけてシャワーを浴びることもあった。

次の日は銀行に行ったり、買い物をしたりなど、絶対やらなければならない用事を済ませるために出かけ、残りの時間には家で好きな作家の本を読んだ。ところが、ジョンヒョンにとって読書は気休めにできることではなかった。少しでも気になることがあったり、片付けなければならないことが頭に浮かんだりすると、目は文字を追うどころか、いつの間にか文字と文字のあいだを飛び回るばかりいる。すでに読んだか、読んだ気がする文章に何度も目を通さなければならなかった。そうやって目を何度も上下に、左右に行ったり来たりさせてようやく、一冊を読み終えることができるのだけれど、それでも本の世界でだけは、誰かの目を気にする必要がなく、平和だった。誰かに責められることがなく、自分で自分を責める必要もなくて、まっとうに理解されているという気にさせてくれる世界。そんな恵みのような世界を生み出してくれる人たちを、ジョンヒョンは好きになるしかなかった。その人は自分が誰かの恩人であることに気付いているだろうか。「あの作家」はそんな宝物のような存在だった。

「あの作家」は作品が素敵なのはもちろんのことで、人間的な魅力にもあふれていた。存在しているだけで慰めが得られ、心の頼りにできる相手が、同じ時代に、同じ空の下で暮らしている。それだけでもありがたいことだったのに、このご時世には、SNSで作家のあれこれをすべて覗くことができるし、時にはコメント機能で会話をすることもできる。ジョンヒョンは読書に疲れると、作家のSNSにアップされている書き込みに目を通した。正直言って、時には作品よりSNSにアップされたもののほうが面白く思えて、少し申し訳ない気持ちになることもある。でもやっぱり、SNS上に書かれた短い話もとっても魅力的だもの！　もともと人気のある作家だから、日常をめぐるちょっとした断想をアップしただけでも、好評のコメントが殺到した。ジョンヒョンはわざとコメントが少ない書き込みにだけコメントを残したのだが、作家はジョンヒョンのコメントに欠かさず「いいね」を押してくれた。この前は、飲み込みの悪い人が作家に言いがかりをつけているのを見た。そんな人たちは、いつも同じような話をオウムのように繰り返した。

〉良い影響力を見せないと……

〉そっちは知られてる人なんだから……

〉本を買うくらいファンだったのに、がっかりしました……

おかしくてたまらなかった。ジョンヒョンは心血を注いで、そういうバカな言いがかりに反論のコメントを残した。アップする前に何度も読み返しているのに、それでも相手がケンカを売ってきたらどうしようとソワソワし、胸騒ぎがした。と同時に、自分の勇気に我ながら感心し、誇りを感じた。

しかし、ジョンヒョンを最も満足させてくれたのは、コメントを付けることでも、作家の代わりにたたかうことでもなく、作家にDM《ダイレクトメッセージ》を送ることだった。尊敬してやまない人に、自分の内密な話を打ち明けられる喜び。もちろん作家のSNSのプロフィールには、「DMは確認しません」と書かれていたけれど、ジョンヒョンはそれがウソだということを知っている。DMを送ったら遅くても一時間後には「既読」表示が付いたのだ。「既読」という文字を見るたびに、ジョンヒョンはなんとも言えない喜びを感じた。作家の立場上、いちいち返事をすることは難しいだろう。その代わりに作家は、ジョンヒョンへの返事ともなり得る内容をそれとなく次の書き込みに盛り込んでくれる優しさを見せてくれた。他の人にはわかるはずのないことだけれど、ジョンヒョンはすっかり見抜いていた。

休日の時間はあっという間に過ぎていく。ゆっくりと沈んでいく太陽を見ながらスパゲッティの麺を茹でていると、タイマーではなく携帯電話が鳴った。突然の騒音は、たいてい不吉だ。予想通りだった。サンウォンが約束を守るという無駄なことをしたのだ。そのまま無視できればよかったのに、不快感や怒りを覚えるよりも先に好奇心が働いてしまった。好奇心を抑えられないのは、物書きでもないジョンヒョンにとってはただただやっかいなことでしかなかった。ジョンヒョンは今度もまた好奇心を抑えられず、招待されたグループトークを開いてしまった。

活発な会話が行われているのは、二年間学科の学生代表を務めていたセチャンが、地元で市長選挙への出馬を控えていたからだった。彼は正式に出馬宣言をするための出版記念会のポスターをアップして、みんなの応援と支持が必要だと強く訴えていた。社会学という専門を生かすことができずにほとんど金融会社や一般企業に就職したみんなからすれば、人口三十万にも及ばない小さな都市とはいえ、それでも選挙に立候補までした友達（しかも比較的若い年で）は、興奮と喜びを与えてくれる存在なのだろう。

〔すごいね、自慢の友達だ！〕

このようなメッセージが続き、ジョンヒョンはポスターの中のセチャンの堂々とした顔を見て軽い吐き気を催した。そっとグループトークを退場しようとしたその時、サンウォンがアナウンス機能を使ってジョンヒョンのことを話題に上げた。

〔来た！　俺さ、何日か前にたまたまオ・ジョンヒョンと会ったんだよ〕

サンウォンのメッセージの横の数字が一つずつ減っていく。メッセージが次々と読まれているという意味だ。しかし、やりとりされるメッセージは徐々に減っていき、どう反応をすればいいかわからないといった感じで言葉を控える空気になってしまった。

〔すっごく久しぶりだなあ。元気にしているだろうと信じていたよ〕

しばしの沈黙を破ったのは、さっきまで会話の中心にいたセチャンだった。そして彼の話し方は、すっかり政治家そのものになっていた。

＊

トマトスパゲッティを急いで平らげて、ジョンヒョンは久しぶりに布団を洗濯した。ドラム洗濯機に入れられ、リズムよく回っている布団をぼーっとして見ていると、昔のある日の記憶が思い出された。

厳しい寒さが続いていたあの冬……休み中に感じていた未来への無力感……夜中にかかってきたセチャンの「いい話」があるという電話……学長の推薦がもらえる就職先……「わかったら教える」という条件付き……好奇心がすべてに勝り……客が少ししか残っていない小さな居酒屋の隅っこの席……最後の客だった二人……エレベーターの前での告白……アルコールの味がした舌……階段のほうに引っ張られた手……憑りつかれたかのようについていく私……階段の踊り場で……抵抗、抵抗、抵抗……階段からの転落。救急車の音。いつの間にか消えてしまった通報者。

ジョンヒョンはその夜のことについて、長いあいだ考え続けた。自分のどんな行動が彼に口実を与えたのだろう。寒くて酒をいつもより多く飲んだこと？　嫌だと十分なまで言わなかったこと？　覆い被さってくる彼の体を思いっきり押しのけられなかったこと？　セチャンがズボンの中にむりやり手を突っ込んできた時に下着がすでに濡れていたこと？　周りで一番目立つ存在に告白されて浮き立ったのだろうか。告白する時は目も合わせられずにいたセチャンが階段を一段ずつ下りていきながら、少しずつ表情を強張らせ、当然な権利でもあるかのように求めてきた様子が頭の中によみがえってきた。

「どうした？　お前だって俺が好きでここまで付いてきたんだろ？」

間違ったサインを送ったのはお前だと言わんばかりの、とげとげしい嫌味。セチャンの言葉がジョンヒョンをビクッとさせたのは事実だった。それを強制だと言い切れるだろうか。そこには私の意思も含まれているのではなかっただろうか。

耳元で響き続けているセチャンの言葉へのまともな返事が見つからず、ジョンヒョンは卒業式に参加することができなかった。

洗濯終了を知らせる通知音が聞こえて、ジョンヒョンは我に返った。洗濯機から取り出した掛け布団には、濡れたティッシュのかけらがあちこちに付いていた。布団の上に放置していたティッシュと一緒に洗濯してしまったらしい。

＊

無防備に社会へ出るのを少し遅らせられただけの大学院を修了し、その後就職したリサーチ会社で働きながら、ジョンヒョンは自分の特性を少しずつ自覚していった。初めのうちは、ミスが多いのは新人だから仕方ないことだろうと考えた。周りの人たちも心広く理解してくれたし、見守ってくれた。だが、ミスは三年目になっても減らなかった。怠けているわけでも、任された仕事を拒んでいるつもりでもないのに、細かい作業のための手順がなかなか覚えられない。ジョンヒョンは椅子に体を縛り付けたまま、競走用トラックに立たされているような気分になった。キラッとするアイデアは少なからず思いついたけれど、企画を最後まで推し進めることができない。集中しようとしてもすぐに気が散ったし、詰めの甘いところが多くて、結果はいつも期待を下回った。ある考えに囚われて無意識のうちに突き進んでいくと、1、2、3、4、5と順番に進むはずの考えが5、1、3、2、4といった具合にごちゃごちゃになってしまう。ジョンヒョンの賢そうな顔と誠実そうな態度に好意を抱いていた上司や同僚たちも、頻繁に起きるちょっとした業務ミスで自分の仕事に支障が出るようになると次第に、イライラを募らせていった。

決定打となったのは、度々繰り返される遅刻だった。ジョンヒョンは出勤二時間前に起きても、いつも遅刻している自分に気付いた。早起きして、早く家を出ればいいのではないか、と思う人もいるかもしれない。しかし、早起きしたらしたで、やるべきことが次々と頭に浮かび、ジョンヒョンはそれを済ませられないことには家を出ることができなかった。寝る前にいろいろなことを片付けておくのもあまり意味がなかった。その時その時頭に浮かんできたものをやっつけることが最優先になり、他のことは二の次になった。繰り返される遅刻を理由に、部長から退職勧告を言い渡され、ジョンヒョンもよけい評判が悪くなる前に、という思いで転職をした。が、それから二年後にもそっくり同じ理由で退社をする運びとなった。その後の転職先でも同じようなことが判を押したように繰り返されて、一年も経たないうちに仕事をやめさせられた。退職金を受け取ることさえできなかった。

プライベートでのストレスが原因だったのだろうか。彼氏は理由もなくジョンヒョンに苛立ちをぶつけてくるようになった。もしかしたら理由がなかったわけではなくて、ジョンヒョンが理由に気付かなかったり理解できなかったりしたのかもしれない。ジョンヒョンがあたふたすると、彼氏の苛立ちは厳しい批判へとエスカレートした。付き合いは長くて三か月も持たなかった。

(私のどこが、彼をイライラさせたり怒らせたりするんだろう)

そう思うたびに、ジョンヒョンはそもそも何が問題なのかについて頑張って考えを巡らせてみた……けれど、どうしてもわからない。

ある男との関係が半年以上続いた時、ジョンヒョンはようやく深い関係が築けていると胸をなでおろした。ジョンヒョンのマンションで彼と同居を始めてからは、遅刻することも次第に減っていった。

(このままますべてがうまくいくかもしれない)

しかし、同居を始めてから二か月。男が家に帰らない日が増えたかと思うと、男は煙のようにある日突然姿を消してしまった。部屋に残された男の私物はミカンの段ボール一箱分しかなく、どれも捨てても問題なさそうなゴミばかりだった。

(どうしてなの?)

理由でも教えてくれればよかったのに。彼がいなくなってから、ジョンヒョンはまた遅刻が始まり、しばらくして四回目の退社勧告を受けた。

*

いくつかの会社で同じような状況が繰り返されたことで、ジョンヒョンは新しい仕事を見つける気をすっかり失ってしまった。当分、息を潜めて過ごす以外、方法が思いつかなかった。遅い時間に寝て、遅い時間に起きるという生活を繰り返すうちに、預金の残高は確実に減っていった。昼過ぎになって目が覚めると、自分がゴミをかじりながら生き延びている虫になったような気がした。何日も他の人と一言も言葉を交わさずに過ごしていると、人の話し声が恋しくなった。

ある日の朝、なんとなくつけておいた生放送番組からどこか身に覚えのある話が流れてきて、ジョンヒョンの耳に鋭く突き刺さった。黒いシルエットだけが映っている女性の相談者は、パネリストの医学専門家に自分の症状やこれまでの経験について、あれこれ取り留めなく打ち明けていた。それはジョンヒョンの話でもあった。子どもの頃から変わっていると言われていたこと、特に忘れ物がひどかったことも同じだった。自分のことを他人の口からそっくりそのまま聞かされている気がして、鳥肌が立った。

「この病気のことを知らない人には、性格が変わっていて、自分勝手だと誤解されやすいでしょう。特に会社では、仕事上のミスについて言い訳をしていると思われがちです」

エラが張っている医学専門家は、カメラに目線を固定したまま女性の病気をすらすらと解説していった。依頼人の苦しみを十分理解しているという専門家らしい笑みを浮かべながら。

（成人ＡＤ……ＨＤ……？）

他のパネリストたちが大げさな表情を浮かべながら相槌を打つあいだ、ジョンヒョンの頭の中では、それまで理解できなかったいくつもの出来事が、切れたフィルムをつなぐように再生されていった。

「薬が役に立つと思いますが、ご自身でも衝動を抑えて、注意力を高めるための努力をしなくてはなりません。周りの人に伝えておくのもいいですね。ただ、相手に完璧な理解を求めることは難しいでしょう」

完、璧、な、理、解、を、求、め、る、こ、と、は、難、し、い、で、し、ょ、う。

漠然と感じていたことを第三者の口から言われると、胸騒ぎがさらに大きくなった。世間の人たちは、完璧な理解どころか、あの相談者と自分のような人間を自分勝手だと考えるのだろう。みんな自分の欲求を我慢しながら生きているのに、そんな努力を一切しようとせず、利己的で、怠け者で、無気力な人間の言い訳だとしか思わないだろう。人間は一歩下がったところで対岸の火事にと思う時とは違って、利害関係がある案件に関してはそれほど寛大になれないのだ。

その日の夜、ジョンヒョンは徹夜で成人ADHDについての資料を片っ端から調べていった。パズルが一つずつ噛み合っていくようなスッキリ感と一生の持病として付き合っていかなければならない苦しさが混在した。

あくる日、腫れぼったくなった目で朝を迎えたジョンヒョンは、一つの決心に辿り着いた。積極的にマニュアル人間になろう、と。薬に頼る代わりに、環境を自分の状態に合わせていくんだ、と。それは他の人と積極的に呼吸を合わせたり、相互コミュニティを取らなければならなかったりする仕事を選ばないということを意味した。それからしばらくして、ジョンヒョンはメイドを探しているというグラフホテルの求人広告を見つけた。

決められたことをこなせばできる仕事。
退屈でもミスへの負担を大きく感じないでいられる仕事。
仕事の手順が明確で、始まりと終わりがはっきりと見通せる仕事。
今日の仕事が明日に繋がらない仕事。
他の人と共同で働かなくていい仕事。

ジョンヒョンは新しく決めた生きる条件を改めて口にしてみた。ホテルに提出する履歴書では大学や大学院の名前、これまでの勤務履歴はすべて外した。

ジョンヒョンは三日間働いてみて、やはりホテルのハウスキーピングの仕事は、全部を一度に見渡せるし、場所が決まっているしで、慣れさえすればミスの可能性を少なくすることができるだろうと思った。担当の客室が十室以上あるけれど、すべて同じ間取りのデラックスルームだから迷うことはあまりない。反復作業によって身に付けた、最も効率のいい手順で動線通りにてきぱき動いていくと、緊張や不安が混ざってない達成感が押し寄せてきた。働くようになって初めて、満たされるような感覚を覚えた。休みの日には本を読みながらゆっくり休んだ。

(こんなに平和な人生が送れるだなんて)

ジョンヒョンは初めて迎えたシンプルで穏やかな人生に少しずつ慣れていった。人生にはたくさんのものが必要なわけではないのだ。

＊

休みが終わり、ジョンヒョンは仕事に向かう途中に知らない番号からの電話を受けた。ホテルの最寄りのバス停で降りたところだった。

「俺だけど」

第一声で怪しいと思い、間違い電話だろうと電話を切ろうとしたその時、男が話しを続けた。

「番号はサンウォンから聞いたよ」

ようやくセチャンの声だとわかった。スピーチトレーニングを受けている人のように、低い声でゆっくりと、それからありもしない権威をかき集めてぎゅうぎゅう詰め込もうとしているような話し方で、セチャンは言った。

「君……最近ホテルで働いてるって？」

まるで自分をなじっているようでも、気の毒に思っているようでもある、とジョンヒョンは考えた。

「何の用事？」

罪でも犯したかのようにジョンヒョンの声が詰まった。

「あの日以来、時々君のことを考えてる。あの時は、君に申し訳ないことをした……」

ジョンヒョンは顔が火照り、刻み足になった。

「申し訳ないこと、したっけ？」

思いのほかあっさりとしたジョンヒョンの返事にホッとしたのか、セチャンの声がいつもの調子に戻った。

「まあ、それほどのことじゃなかったな。二人とも若かったし……そうそう、あの頃俺って君のことを片思いしてたじゃないか。ほら、俺って今、人生をかけた挑戦をしているだろ？　こんなことしてると、本当にいろんな人が近付いてきて、昔俺にこういうことされたとかああいうことされたとかって揚げ足取られるんだよね……揚げ足取られるっていうか、ほぼ脅しなわけ。気が気でなくてさ。君は……俺がこうやって大げさに言う理由を理解してくれるよな……？」


理解……。人はいつも誰かから理解されようとする。そして時には、許しを請うべき相手にこうして理解を求める無茶をすることもある。

ジョンヒョンが携帯電話を持ったまましばらく黙っていると、受話器の向こうから固《かたず》を呑む音が聞こえてきた。ひときわとんがっていたセチャンの喉仏が耳に触れそうだった。

「気にしないで。私、もうそろそろ仕事だから」

ジョンヒョンはホテルのスタッフ用の入り口から入り、今からタイムカードを押すところだった。

「そう言えば、君はなんで大学院まで出て、ホテルでそんな仕事を……」

セチャンがふたたび非難めいた口調になり、ジョンヒョンは無言で電話を切った。それから無表情のまま急いでロッカーから取り出したユニフォームに着替え、週に一度の朝礼が行われる会議室へ向かった。

朝礼はもう始まっていた。ジョンヒョンは音を立てないようにして一番後ろに並ぶ。他の高級チェーンホテルはすでにハウスキーピングの業務を清掃業者に一任して久しいけれど、グラフホテルは今でも独自のやり方で管理をしている。それはつまり、スタッフの出入りが頻繁に行われているということで、朝礼では今週が最後の勤務だったり、逆に今週が初めての勤務だったりする人が多かった。スタッフ管理によるストレスの影響か、ハウスキーピングの部署長はつむじから始まった脱毛が日々際立っていった。彼は仕事が始まる前から切実に退勤したいというような顔でいつも同じ話を繰り返した。ホテルでこの部署の離職率が最も高いのが残念すぎる……どうか自分がオーナーになったつもりで業務に臨んでほしい……ハウスキーピングはホテルサービスの基本である……廊下で宿泊客とすれ違ったら必ずあいさつをしてほしい……だけど雑談をするのは困る……みなさん一人一人がホテルの顔で……最後に新しく入社した人を紹介し、指導とサポート担当の一人を名指しした。何百回も聞いたレパートリーだった。

しかし、今日はいつもと話の流れが違った。遅れてきたジョンヒョンは、どうしたんだろうと思った。他のメイドのあいだでは、うっすらとした緊張と小さなざわめきが感じられ、部署長はどうにか落ち着こうと努めていた。話の途中に入ってきたせいで、ジョンヒョンはいったい何の話だろうと思ったけれど、そのうち不吉な予感がした理由を察することができた。

「……ですが、まだ半年も残っているわけですし、最後まで最善を尽くしていただきたい……もし他のところに転職される予定でしたら、他の人たちに迷惑をかけないように必ず一か月前には教えてほしい……ひょっとしたらホテルの状況が急変することもあるかもしれないので、あまり気を落とさないで……」

メイドたちの困惑した表情は、恨めしそうな顔へと徐々に変わっていく。お前はずっと前から知ってたくせに今になって話しているのではないか、というような。まるで彼女たちの胸の内の声が聞こえているように、部署長はつむじに何度も手を当てた。ある日いきなり不安定な職場になってしまったことへの恨みを誰に吐き捨てられるというのだろう。しかし、部署長はすぐに気を取り直して、いつものしゃんとした声で朝礼を終わらせた。

「そうそう、忘れる前に。購買チームから共有してほしいと頼まれたことですが、この頃、ホテルの備品がしょっちゅう中古サイトにアップされるんだそうです。こういう状況なので、どうかこの件で部署全体が誤解されないように格別に注意をしていただきたく……」

自分たちを疑っているようなニュアンスの発言に、メイドたちは呆れたという顔で見つめ合い、首を横に振った。気まずくなった部署長は、その言葉を最後に残して会議室をそそくさと離れていった。

「何よ。あたしたちを泥棒扱いしてるわけ？」

古株のヒスクがガムを噛みながら舌を打った。

メイドたちはぶつぶつと文句を言いながら、一人、二人と会議室をあとにし、ジョンヒョンは震える両脚を辛うじて押さえながら、部屋の隅っこで立っていた。

「大丈夫？　顔が真っ青になってるよ。あんたもちょっと驚いたみたいね」

ヒスクが最後に会議室から出る前に、ジョンヒョンにちらっと目をやりながら言った。

「……」

「ふう、仕事はまた見つかるわよ。さっさと吹っ切ろう」

ヒスクの言葉にも一理あった。自分一人が食べていける仕事くらい、探せばいくらでも見つかるだろう。でも自分は、周りから完璧な理解を求められない病気に耐えなくてはならない。ずっと続けられそうな仕事を見つけてようやく慣れてきたというのに、また新しく見つけなきゃいけないなんて。そのすべてのプロセスを一からやり直さなければならないと思うと、ジョンヒョンは今にも過呼吸が始まりそうだった。
よろめく体をどうにか落ち着かせてアメニティカートを押しながら最初の客室に入ったが、すぐにトイレに駆け込んで洗面台でえずいてしまった。ジョンヒョンは、下ろされている便器の蓋に腰をかけると、ポケットから携帯電話を取り出して作家にメッセージを打ち始めた。

あなたは生きていて、おもいがけなく大変なことが迫ってきた時に、それにどのようにして打ち勝つのでしょうか。
知恵もあって、いろんなことを深く考えていらっしゃるから、きっといい方法をご存じなのではないかと……
私はただ他の人に迷惑をかけないようにと頑張っている、普通の人間なのに、どうしてこれほどにも苦しいことが突然、私に起こるのでしょうか。
もともとは返事のようなものを求めるタイプではありませんが
今日は本当につらいし、胸が苦しいので、何か一言でも言っていただけませんか。
他の人に迷惑をかけるのが本当に嫌いな性格ですが、
もし迷惑でしたら申し訳ありません。

しどろもどろでも胸の内を吐き出したら、吐き気がずいぶん収まってきた気がした。初めて作家に、ひとり言ではない質問を書いて送った。どきどきした。風を切るように文字を打ったけれど、いざDMを送ろうとすると少し指が止まった。送信ボタンをタップしてから、尖っていた神経がゆっくり落ち着いて、超然としていられるようになった。これでよかったのだ。

(きっとわかってくれるよね)

ジョンヒョンは唇をぎゅっと噛みながら立ち上がり、自分が任されていることをやろうと思った。ゴミを捨てて……寝具を取り替えて……掃除機をかけて……備品をチェックして……前日に泊まった客の痕跡を完璧に消すこと。どんなに苦しいことがあっても、手足は勝手に動いた。自分の居場所で、自分のやるべきことを一生懸命にこなすこと、そうすれば一日も欠かさずに原稿を書きつづけている作家の前でも堂々としていられるだろうから。

*

仕事が終わったあと、私服に着替えてスタッフ用の出入り口を出ながら、ジョンヒョンはスマホをつけてDMを確認した。仕事中にも返信がきているかどうかを確認したかったけれど、仕事が終わるまでぐっと我慢した。もやもやする気持ちをちゃんと抑えて、一日のルーティンを普段通りにこなせた自分へのご褒美にしておきたかった。ジョンヒョンが送ったDMはいつものように「既読」となっていたが、返信はなかった。

(もともとは返事のようなものを求めるタイプではありませんが)

(他の人に迷惑をかけるのが本当に嫌いな性格ですが)

なのに、体はひどくがっかりした反応を見せた。泣きたい気持ちが喉の奥から込み上げ、帰りのバスの中でも落ち着くことができずに降りたほうがいいかどうかと逡巡した。きっと急ぎの用事があったのだろう。仕事が一息ついたら、きっと返事をくれるだろう。冷たそうに見えても優しい人だから。

(今日はとても忙しかったのだろう……)

自分とは違って、作家の一日が穏やかであったことを願いながら、SNSを開いて今日は作家がどんな写真と話をアップしたのかを確かめようとした。作家は特別なことがなかったとしても作業の様子や場所、あるいはその日のランチメニューなどを日記のようにアップしているから。

しかし、ジョンヒョンは当たり前の日常のように毎日楽しみにしていた作家の書き込みをどうしても見つけることができなかった。おかしいと思い、アカウントURLで検索してみたが、真っ白な画面には「検索結果がありません」という文字だけがぷかぷかと浮いていた。

夜勤

職業柄、人を観察するクセが染みついているけれど、決めつけることだけは気を付けようと思いながら小説を書いている。何かへの判断を下すのが作家の仕事ではないから。世の中を観察していると、絶対的なものや確実と言えるものなどは見当たらない。世の中には白黒ではない果てしないグレーゾーンがあるだけ、というのが真実に近いだろう。

そう思いながら、しかし私は日常の中で数えきれないほど他人を判断し、決めつけてきた。特に仕事に関しては、容赦なく判断を下した。仕事ができない人に関しては、取り立てて言うことがない。一方で、見ていると気持ちがいいくらい、任された仕事をてきぱきこなす人の場合は、それが一瞬のすれ違いであったとしても私に深い印象を残した。

＊

夜十時過ぎに、タクシーはグラフホテルの正門の前で止まった。シンガポールで事業をやっている友人は、出張で韓国を訪ねるたび、旧都心の山の麓にあるグラフホテルに宿泊した。昼から夜までいくつもの打ち合わせをこなし、夜遅くにようやく時間が空いた私も、このホテルに泊まることにした。どこかに出かけるよりは、ツインベッドのある部屋でパジャマに着替えてビールを片手に、それまでの話をコソコソとアップデートし合うのが、長年の友人とのルーティンだった。

華奢で背の高い若いドアマンが、タクシーのドアを開けながら歓迎してくれた。ドアマンのあいさつがまだ終わらないうちに、私は彼の顔を見上げて目を見張った。

「トンジュさん……？」

彼と知り合ったのは、前年の秋に開催された国際ブックフェアでだった。出版社が用意してくれた私のサイン会があった日で、その二か月前に刊行された私の本は、刊行直後から立て続けに三回も増刷され、出版社の代表をちょっとのあいだ興奮させたが、その熱気は二週間あまりで一気に冷めてしまった。

「いい流れだと思ったのに。どうしたんでしょうね」

私が残念そうに言うと、担当編集者はいつもより優しそうな笑みを見せながら答えた。

「大きな跳躍のための息継ぎじゃないかと」

だが無念にも、その後も小さな跳躍すら見られず、出版社はブックフェアがそのきっかけになればと小さなサイン会を企画してくれた。はっきり言って、私はまだ「知る人ぞ知る」作家でしかなく、サインの列は長くないだろうとは誰もが予想していた。担当編集者もサイン会の途中で、ブックフェアの最終日だし片付けがあるからと言ってどこかに行ってしまった。テーブルクロスのようなものを敷いた小さな丸テーブルに一人ポツンと腰掛けていたあの日の様子は、ひとけのない通りで出くわしたタロット占い師のように見えたかもしれない。そうなることは織り込み済みだったので、出版社に嫌気が差したり、羞恥心が湧いたりすることはなかった。はす向かいのブースで同じ日の同じ時間に行われた、当時の人気作家Sのサイン会とバッティングさせてしまったことだけは、出版社側のミスだろうと思っている。

私はペンをくるくる回しながら、どこまでも続いている作家Sのサインの列から横に目をそらして、出版社のブースでせっせと販売を手伝ったり、本を運んだりしているデニムエプロンをしたアルバイトの姿を見ていた。それがトンジュだった。その時は「仕事がうまい人だな」と漠然と思っていた気がする。仕事がうまくなるためには、仕事が回る原理への包括的な理解とそのプロセスに身を慣らすセンス、あるいは他人に求められていることをちょうどいいタイミングで見抜けるセンスが備わっていればいい。

真夏のたい焼き屋台（たい焼きは韓国では冬の風物詩とされる）のようだった私のテーブルにも時々サインをもらいに来る読者がいて、トンジュはそのたびに素早く状況をつかみ、私が一人で読者を相手しなくてもいいように気遣ってくれた。まるで担当編集者でもあるかのように私の真後ろに立ち、両手を重ねて丁寧に黙礼をしながら読者を迎えてくれたし、テーブルの上にある販売用の本が少なくなると、素早く補充してくれた。サイン会が終わると、トンジュは私のファンだと言って本を買い、サインを求めた。普段自営業の知り合いが、この頃は仕事が少しでも大変になるとアルバイトが無言でやめたり、次の日から来なくなったりすると、若者の不誠実さや認識の甘さを嘆いていたこともあったため、真面目で気の利くトンジュがより印象深かったのかもしれない。

「あっ、ご無沙汰してます」

帽子に、燕尾服というドアマンのユニフォームを身に着けているトンジュは、当時とずいぶん変わっている気がしたけれど、長いまつ毛と優しそうで大らかな感じの目元だけは一年前と変わらなかった。私のあとからも次々と車が入ってきたため、私はトンジュと短いあいさつを交わしてからすぐに別れた。

＊

長編小説を書いているあいだは、リズムを守るのが何より大事だ。毎朝決められた時間に原稿を書いている私は、友人に事情を説明して朝六時くらいにホテルの部屋を出た。

ロビーの回転ドアから外へ出ると、初秋のパリッとした朝の空気が気持ちよく感じられた。ホテルの向かいには、モミジやイチョウ、マツやサクラなどの木が生い茂る森がどんと構えている。背筋をぴんと伸ばした姿勢で両手を丁寧に揃えて立ち、その風景を眺めているトンジュの姿が目に入った。人の気配を感じたのか、彼が後ろを振り返った。はにかんだ笑顔であいさつする彼に、私は漏れ出るあくびを我慢しながら尋ねた。

「夜勤だったんですか」

「はい。夜勤シフトなんです。もうすぐ交代の時間ですが」

トンジュが白い手袋をした手を上げて、腕時計の時間を確認した。

「昨日は友人を待たせてたのでちょっと急いでて……お元気でしたか？」

「僕は……」

トンジュは言葉を濁しながら目をそらすようにして森のほうへ視線を投げた。

「何か、あったんですか」

遠慮がちにもう一度尋ねると、トンジュは薄く笑みを浮かべながら首を横に振った。

「いえ、元気でした。タクシーをお呼びしましょうか。この時間なら、丘の下に何台か止まっていると思います」

私は頷いた。しかし、こなれた手つきでトランシーバーを操作していた彼は、突然動きを止めておずおずと、口を開いた。

「あのう……もしお時間よろしければ、近場で一緒に朝ごはんでもいかがですか」

意外な誘いにややビックリしたのと、やはり長編小説を書くあいだは執筆ルーティンを大事にしたいという思いがあり、私は少したknown らった。しかし、彼にじっくり話したいことがあり、大変な勇気を出して誘っていることだけは、すぐに理解できた。執筆業を続けているとおのずと身に付く勘というものがある。

「いいですよ。その代わり、何を食べるか知らないけれど、私におごらせてくださいね」

私はできるだけ明るく返事し、彼の着替えを待った。

*

トンジュは麓の坂道を下ると、朝七時からオープンする崩壊寸前の古びた韓屋《ハンオク》に私を連れて行った。干しタラスープの店で、私たちが一番目の客だった。

「平日は朝からサラリーマンたちの列がすごいんですけど、土曜日の朝は結構空いてるんですよね」

トンジュは奥の席に座って店内をぐるりと見渡しながら言った。私たちはすぐ運ばれてきた干しタラスープ定食を無言で食べ始めた。そして食事が終わる頃に、私から話を切り出した。

「もう一度訊いたほうがよさそうですね。お元気でしたか？」

トンジュはせっせと動かしていたスプーンの動きを止めて深く項を垂れた。どう言おうかと悩んでいるらしく、目からは輝きがかすかに消えつつあった。

「そうだ、お酒を添えようかなと思ってたのに、注文するのをうっかりしちゃったわ」

とぼけるふりをして、私は店のおばさんに朝っぱらから焼酎を頼む。まるでのん兵衛でもあるかのようだ。

「さっきウソをついているって見抜かれてたんですね」

トンジュは注がれた酒にちょびっと口を付けてから、お猪口をいじり回してばかりいた。

「元気じゃないのに無理して元気だと言う必要はないと思うんだけどな」

少し緊張がほぐれたのか、トンジュは目じりを下げて小さくため息をついた。

「確かにそうですね」

「何か、私に言いたいことでも？」

トンジュは虚を衝かれたかのようにクスッと笑った。その顔に、ゆっくりと痛々しいほどの悲しみが広がっていく。彼はむりやり笑みを浮かべようとして失敗し、笑う代わりにお猪口の酒をぐいっと飲み干した。それから言葉を一つひとつしっかり発音することに集中するようにして話し始めた。

「もし誰かのことを心底大切に思うなら、いったいどこまで、どれくらいその気持ちを証明すべきだと思いますか」

そう訊きながらトンジュは顔を上げて、私の目を見つめた。

＊

これは「愛」という感情を証明しようと努めた、トンジュとある女性の話である。無謀なことだったかもしれないし、それなりの意味や価値のあることだったかもしれない。それは誰にも判断できないことだ。勇気を出して打ち明けてくれた彼の話が、悔しくも誤解されたり、偏見を持たれたりしないことを願うばかりだ。

＊

トンジュはブックフェアのあとに、大学への復学を準備しながらとある私立美術館で案内のアルバイトをした。彼にはお金が必要だった。中学生の時に交通事故で父を亡くしたうえに、母は二年前に再婚していたため、トンジュは学費と生活費を自分でまかないたかった。工事現場や引越センターのように短期で稼げる仕事もあったけれど、サークルの先輩に紹介してもらった美術館のアルバイトは、業務内容にしては割のいい仕事だった。

公共美術館ほど大きくはなかったが、三階建てのビルをまるまる使い、若いカップルや友達どうしで記念写真を残すために訪ねる企画展示ではなく、芸術的な審美眼のある人たちが好きそうな趣味のいい展示をするので知られているところだった。

案内とはいってもただ立っているだけのことが多く、時々観覧客が絵に近付きすぎたり、触ろうとしたり、撮影が禁止されている作品を撮ろうとしたりする時に注意するのが主な仕事だった。ただ展示会場を見ているだけの楽勝なアルバイトだと思って応募した人たちの中には、じっとして立っているのがどれだけきついことかを思い知り、たちまちやめてしまう人もいた。一方で、トンジュはずっと座っていたり、立っていたりすることがあまり苦痛ではなかった。真夏の遊園地でアルバイトをしたことがあり、毛もじゃの衣装に重々しいライオンの被り物を被って、手を振りつづけていたのと比べれば、美術館での仕事は身軽で、さっぱりしたものだったから。

ギャラリーとカフェとレストランが立ち並ぶ町にあるその美術館は、週末には観覧客でかなり賑わっていたけれど、平日は閑散としていた。その女性は、十日に一回という頻度で美術館を訪ねてきた。午前十一時のオープン時間に合わせて来ることもあれば、昼休憩が終わった午後二時くらいに来ることもあり、時には閉館直前の午後五時に入場することもあった。細身なのにほっぺには肉がついていて、実年齢よりは若そうに見える。担当の学芸員に暇な時は椅子に座って本を読んでいいと言われたため、トンジュは二階の奥の席に腰を掛けて小さな詩集を読み、時々顔を上げて観覧客の様子を確認した。

観覧客には、絵に興味がありそうでない人が多々いた。作品を鑑賞するより、作品を鑑賞する自分に気を取られている人もいれば、二、三人でおしゃれをして来て作品の前でポーズを取っている人の写真を一生懸命に撮り、近くに新しくオープンした人気レストランにあっさりと移動してしまう人もいる。トンジュはその人たちから集合写真を撮ってほしいと頼まれることもあったが、一人でも写りが悪ければボツになるので、何枚かの写真を連写で撮るというコツを覚えた。

その女性の存在を認識するようになったのは、他の人とは違って彼女は一人で美術館を訪ねてきて、絵一つひとつにじっくり時間をかけながら見て回っていたからだった。同じ展示を何度も見に来ることもあった。しかし、彼女がトンジュの目を引いた本当の理由は、歩くたびに脚を引きずっていたからだ。正確に言うと、まるでバレリーナのように左脚のひざを少し曲げ、右脚で半円を描きながら一歩を踏み出すといった具合に前に進んでいく。トンジュはその様子を初めて見た時、内心驚き、しばらく彼女を見守っていて彼女と目が合ってしまった。失礼だったかもしれないと思い、顔が赤くなったが、彼女は目を細めて、そんな視線にはもう慣れている、というような笑みを浮かべた。


ある日、早く外に出たいとぐずる子どもに、バッグから取り出したメロンパンを持たせている母親がいた。母親が時間に追われているように絵を見て回っている間に、子どもはパンを手に持って館内を歩き回り、あちこちにパン屑を落とした。トンジュは詩集を閉じて母親に近付き、館内で飲食は禁止されているので他の方に迷惑にならないようにご協力いただきたいと丁寧にお願いをした。

「子育てしてて、美術館になかなか来れないんですよね。ちょっと見てすぐに出るつもりなのに、そのちょっとのあいだもダメなんですかね？　今ここにいるのは私たちとあの方だから、あの方がいいと言えばいいんですか？」

その母親が指をさして言った「あの方」とは、展示会場の反対側に立っている、トンジュなら後ろ姿だけで誰か見分けがつく「その女性」だった。その日は濃いネイビー色のロングコートを羽織り、薄ピンク色のマフラーをしていた。

どうやら母親のほうは、女性なら誰もが自分の味方になってくれるという確信を抱いているようだった。ここは一度目をつぶって融通を利かせるべきか、最後まで美術館の方針を貫くべきか、あるいは一階にある事務所のスタッフにこの状況への判断を任せるという要領を見せるべきか。トンジュはため息をつきながら、その三つの道からどれを選べばいいか真剣に悩んだ。その時、小さくてもきっぱりとした声が遠くから聞こえてきた。

「大丈夫じゃないので、マナーを守っていただけますか」

状況はそのようにして落ち着いた。

＊

トンジュはその日、母の誕生日祝いに参加するために美術館を一時間早く出て、地下鉄駅までとぼとぼと歩いていた。外は徐々に暗闇が降りて、天気予報で言われていなかったみぞれがものすごい速さで降り始めていた。帽子も傘も持ってなかったので、トンジュは足取りを速めることしかできなかった。いつの間にか白い息が口から出たが、そんなトンジュにシルバー色のセダンがゆっくりスピードを落としながら近付いてきた。助手席の窓が下がり、モモのように赤いほっぺが見えた。

「美術館の方ですよね。地下鉄駅まで送ります」

その女性だった。

駅までまだ五百メートルくらいあるのに、みぞれはあっという間に牡丹雪に変わった。荒れた天気には他人——とはいえ顔見知り——の親切を断らないのが当然だろうと、当時のトンジュはそう思った。あの日のことを思い返すたびに、「What if」という英語の表現が頭に浮かんでくる。もしもみぞれが途中でやんだならば。もしもあの日の行き先だった、母と義父の家が、彼女の住む場所と近くなかったならば。もしももともとの計画通り地下鉄駅で降りていたならば。もしもヒーター線で温められた助手席がそれほど心地よくなかったならば。もしも連休前でいつもよりも道が混んでいなかったならば。それならすべてが変わっていたかもしれない。仮定なんて何の意味もないことだとわかっているけれど、そういう小さな条件が一つ、二つ重なった結果、トンジュは一時間近く彼女と薄暗い車の中で一緒にいることになった。いや、もしかしたらすべては言い訳にすぎなくて、二人はお互いから離れたくなかっただけなのかもしれない。

「毎日、何の本をそんなに読んでるんですか」。彼女が左に曲がるウィンカーを出しながら訊いた。

「詩集です」

「誰の？」

「……メアリー・オリバーです」

と答えながら、トンジュは耳の下まで顔を赤らめた。

「ふーん……」

感心したという意味なのか、つまらないという意味で鼻を鳴らしただけなのか、トンジュは見分けがつかなかった。女性はトンジュのひざの上に載っているリュックにちらっと目を向けると、小さく流れていたクラシックのFMラジオのボリュームをさらに下げて、抑揚のない声で言った。

「着くまで好きだった詩を何篇か読んでもらえませんか?」

薄暗かった窓の外の通りには、やがてライトが一つずつ灯されていった。瞬きをしているトンジュにもう一度目を向けてから、彼女は付け加えた。

「あたしもその人の詩が好きなんです」

トンジュがリュックを手探りしてメアリー・オリバーの詩集を取り出すと、彼女はルームランプをつけてくれた。トンジュは少し迷ってから息を深く吸い込み、折り込んでおいたページを開いてゆっくりと読み進めていった。

「いい人でなくてもいい。
懺悔しながら広々とした砂漠を
ひざまずいて渡らなくてもいい。

ただあなたの体という弱い動物が
愛するものを、愛せるようにしてあげればいい……」

「……あなたが誰であっても、どれほど淋しくても」

女性が詩の一節を口にした。

「『雁』っていい詩ですよね」

ニコリと笑いながら、彼女は言った。車で送るという洗練された親切を受けて粋な詩の朗読でお返しするという流れが、よく考えればとても自然なものに思えた。車の中の空気は、オリバーの詩の朗読をする前と後でガラリと変わっていた。

天気予報が見事に外れてぐずっていたあの冬の日と言えば、彼女との恋が始まった一日目であり、別れに向かって歩み出した一日目でもあった。

*

それから二人は、どうにか隙を見つけて相手に会いに行った。サンア——という名前のその女性——は英米文学の小説を翻訳したり、時々大学で非常勤講師をしたりしている。彼女には内科の開業医の夫がいた。夫とのあいだに子どもはいなかったし、フリーランスだから時間に融通を利かせることができる。そんなサンアがトンジュの時間に合わせて、車でどこまでも迎えに来てくれることが多かった。二人はひとけのない美術館や博物館の展示を見に行ったり、郊外にある静かな植物園や樹木園を見て回ったりした。トンジュはサンアにペースを合わせて歩く方法をすぐに覚えることができた。一緒にごはんを食べたりお茶を飲んだりしながら交わす会話は、知的で、ウィットに富んでいた。サンアが障害を持ったことで経験し、乗り越えてきたたくさんのことの影響でもあるのだろう、とトンジュは考えた。無言でいる時も、何かを考え込んでいる彼女の顔を見ていると、胸が高く鳴り出す。サンアが家や夫については一切語ろうとしなかったので、トンジュは好きな人に配偶者がいることをあまり認識しないでいられた。

一方で、十一歳年上という年齢の差はあまりにも不思議なものだった。トンジュはサンアと話していると、自分が実際より年上で、より知的な人間になったような気がしたが、その反対にずっと年下の青二才になったような気分になることもあった。

お金については、サンアが二人で食べて、見て、使っているほとんどの費用を一人でこっそり支払った。トンジュがいくら急いでみてもいつも手遅れだった。

「なんで一人で払うんですか。僕もアルバイトで稼いでるのに」

「学生だからね。あと、あたしってお金持ちだから」

サンアがクスクスと笑った。

「翻訳家ってそんなに稼げるんですか」

「それはないけどね」

ＩＩＩ

夜勤

二人が共通して好きな監督の新作が公開された日、トンジュは彼女と映画を見に行って初めて手を握った。トンジュはサンアの赤ちゃんのように柔らかい手のひらの感触を感じた。映画に集中するのはなかなか至難の業だった。

「どうしたの……つらい？」

トンジュの耳元で囁くサンアの声からは、ある種の意地悪さが感じられた。

「違うと言ったらウソでしょうね」

サンアの耳元で囁きながら、トンジュはその耳たぶをぎゅっと噛みたくなるくらい彼女を憎く思った。すべてわかっていると言わんばかりに、サンアはニコリと笑顔を向けながらも、他のところを許してはくれなかった。それから一週間後、二人はサンアの車の中で初キスをした。トンジュが住んでいるワンルームマンションの前でだった。

「……入りませんか」

目に切実な思いを込めて哀願したけれど、サンアはトンジュの頬をなでながら首を横に振った。

「あんたはあたしから逃げなくちゃね」

「どういう意味ですか」

「あたしからあんたを守らなくちゃいけないってことよ」

本音にも、冗談にも聞こえるその言葉に、トンジュは体から力が抜けていくのを感じた。

「あんたが嫌いってわけじゃない。わかってくれるわね」

このうえなくあたたかい声で言い加えながら、サンアはトンジュのシャツの空いているボタンをきれいに留め直した。

＊

サンアの言葉遣いや振る舞いには、落ち着いた知性と雅やかさがにじみ出ていたけれど、出会いを重ねていくうちに、トンジュは彼女からそれまでと違う様子も見られるようになった。

たとえば、衝動的な非難。

サンアはよく、自分は他の人にいつも利用ばかりされてきたと悔しがった。そのほろ苦い思いを、他の人を攻撃することで解消しようとしていたけれど、例を挙げるとしたら、あまり美術のことに興味もないくせに昼間に美術館を渡り歩く女性たちや、何もわかってない子どもを連れてきて美術の英才教育をしようとする母親たちを「何も考えていない」と軽蔑した。

（あの人たちが何も考えていないのかもしれないし、あなたがいろんなことを考えすぎてるのかもしれませんよ）

トンジュは胸の内でそんなことを思ったけれど、サンアが何かに囚われたかのようにやけになって吐き出す非難めいた言葉を聞き流すように努めた。それから彼女の昂った気持ちが落ち着くように背中をさすり続けた。

あるいは、タチの悪い毒舌。

「あんたがいくら大人ぶってると言っても、時々見られる青らしさや若さ故の無知はどうしようもないものね」

サンアは瞬き一つしないで、トンジュにそんな毒を吐いた。

「僕がつまらないってことですか」

「そうは言ってないわ。若者たちって時々……若さしか取り柄がないくせにあまりにも堂々としているし、おごり高ぶっているように見えるってことよ」

「それじゃあ、あなたはただただ若い男を求めてるってことなんですね」

「寝てもないというのに?」

サンアが細目を開けて言い返した。

「正直、そういう話に聞こえます。暇だから新しいおもちゃを手に入れただけだって。何もかも持ってるけど、それでも満足できないから僕まで欲しくなっちゃったんですよね」

「何もかも持ってるわけじゃないけど?」

サンアは子どもの頃にポリオにかかって障害を持ってしまった自分の右脚を指さしな

がら言った。

「そうやって相手の憐憫を誘って、男と付き合ってきたんじゃないんですか」

トンジュは躍起になった。

「つまらない話はよしてちょうだい」

サンアが呆れたかのようにせせら笑うと、トンジュは血相を変えた。

「あんたは知らないだろうね。あんたがつまらないという証拠を探し当てて気持ちを断ち切ろうとしているのに、つまらないって思えば思うほど心が弱くなるの」

トンジュはサンアの毒舌にチクリと傷つきながらも、彼女がいきなりそんなことを言うとなすすべもなく崩れ落ちてしまった。がっかりするほどの毒舌も、彼女が自分に心を開いているという証拠なのかもしれなかったから。


それから、苛立ちを募らせて言う文句。

「家に帰りたくないの」

サンアは底抜けしそうなほど深いため息をふうと吐いた。

「どうしたんですか？　十代みたいな話して」

「夫がいる家に帰りたくないってことよ」

それまでまるで「家庭」というものが存在しないかのように振る舞っていたサンアが、自分から夫の話を持ち出すのを、トンジュはその日に初めて耳にした。サンアは「よけいなことを言ってしまった、という後悔の念が頭をよぎったけれど、本当はあんたとずっと一緒にいたいということなの」と言いたげな柔らかい目つきになった。しかし、十分に打ち明けられなかったかのようにまた顔を歪めながら、自分が耐えられないことについて詳しく語り続けた。

夫と顔を合わせることも、彼の口に入る夕食の献立に悩むことも息苦しいし、彼の生理現象――食べて、寝て、げっぷして、いびきをかいて、トイレで大小の分泌物を作り出すこと――のすべてを日常的な風景として受け入れなくちゃならないのが、もううんざりだと愚痴をこぼした。

暴走するサンアを見ながら、そんなに嫌なら別れればいいのに、とっくにいろいろな方面においてしぶとく、独立的に暮らしてきているじゃないか、とトンジュはいぶかしく思った。

「あんたにはあたしのことが理解できないと思う……」

サンアは苦しそうな表情を浮かべながら、トンジュの口を封じさせた。「あんたには理解できない」という言葉に、トンジュはどこまでも縮こまってしまった。硬い表情で口をぎゅっと閉じていると、今度は口を開くように催促された。

「何でもいいから言って……なんで何も言わないのよ……時々……あんたの顔を見ても何を考えているかちっともわかりそうにないの」

サンアはイライラをトンジュにぶつけてきたが、トンジュはそれにあまり敏感に反応しないことにした。たまには彼女にも手荒な真似をしたくなる時があるのだろう。あるいはどうしてもきれいに訳せない文章のせいで、何日も立て続けに苦しんだのかもしれない。トンジュがその状況を受け入れようとこっそり深呼吸をしていると、サンアが苦笑しながらひとり言のようにつぶやいた。

「それでも診察時間には仕方なく席を離れずにいる夫が……予測可能でありがたくもあるけどね」

　そんなことを言う時のサンアは、まるで別人のようだった。


　誰かを好きになることが、その人を理解しようとする意志のようなものだとしたら、トンジュは彼女をもう少し理解してみたかった。落ち着いていて、超然としていて、統制力の強いサンアを、あそこまで動転させるものはいったい何なのだろう。不明瞭なその正体に、トンジュは苦しめられた。

　トンジュはサンアにあれほど大きな苦しみを与える、騒がしくて、無神経で、汚い夫を一目見てみようと、こっそり彼の内科を訪ねたことがある。緊張しなかったかと言ったらウソになるけれど、いざ自分の番が来て診察室に入った時に目の前に座っている医師は……サンアの双子の兄ではないかと疑ってしまうくらい同じような雰囲気を漂わせていた。落ち着き払った成熟や余裕を感じさせる洗練、さらには白衣から感じられる権威や信頼感があいまって、トンジュは一瞬、自分はここで何をしているのだろうと気が遠くなるほどだった。どうされたんですか、という質問に、本音を打ち明けてしまいそうになった。

「喉がイガイガします」

トンジュは医師をまっすぐ見ることができず、ありもしない症状を訴えた。医者は聴診器で胸の音を聴き、ステンレスのスティックで喉の奥を確かめると、かすかな笑みを浮かべて言った。

「あまり悪くないですけどね。お若いからしっかり休んで、ちゃんと食べれば治るでしょう」

神経が尖りに尖っているトンジュに、ありきたりな医師のコメントはあまりにも親切に聞こえた。症状がひどくなるかもしれないから念のため、と医師は三日分の薬を処方してくれた。

一階にある薬局の薬剤師は、尋ねもしなかったのによけいなことを言った。

「この病院の先生は、薬を最小限にして慎重に処方されるんです」

普段通っている近所の内科では、色も形も違う様々な薬を処方したうえに、その薬は大きすぎて飲み込みにくく、すぐに眠気が襲ってくるほど強かった。しかしサンアの夫に処方された薬は、赤ちゃんの爪ほど小さなベージュと白の錠剤二つで全部だった。

＊

そうこうするうちにサンアが先に年を取り、さらに一歳年上になった。サンアの三十七回目の誕生日の午後、二人は韓屋の洋食レストランでランチを済ませ、その隣の私立美術館の展示を見に行く。

遮光カーテンを閉め切った暗い展示会場では、アンディ・ウォーホルの映像作品『スリープ』が上映されていた。友人のジョン・ジョルノが眠っている様子を五時間二十一分ものあいだ撮り続けた作品で、モノクロの幻想的なイメージが画面の中でゆっくりと遊泳している。

展示会場の長いベンチに一緒に座って作品を見ていると、サンアがいきなりひとり言を言った。

「若さからだんだん遠ざかっている気がするの」

「どこに行くんですか。僕と一緒に行かないと」

冗談は通じなかった。

「空っぽの年寄りになったみたい。表向きだけ大丈夫なふりする自分がうんざりだわ」

「また変なこと言ってる。どうしたんですか、こんなにいい日なのに」

トンジュは気の毒そうな顔で言った。それから他の観覧客がいないことを確かめると、サンアをなだめようとして自分に頭を預けている彼女のつむじにそっと口づけをした。サンアはその姿勢のままトンジュの手を、自分の心臓の脈が感じられるところまで持っていった。

「この中のエンジンみたいなものが、消耗して、古くなってる感じがする」

「気のせいです。誕生日だから、ちょっと感傷的になってるのかな」

サンアが突然体の向きを変え、トンジュにぎゅっと抱きついた。彼女がそんな行動を見せたのは初めてだった。

「生きているだけで息が詰まるし、胸が苦しくて……耐えられそうにないの……」

ほとんど泣き声と変わらない彼女の声を聞きながら、胸が張り裂けそうになったトンジュは、それ以上無駄なことが言えないように、唇で彼女の口を封じ込めたいという気に駆られる。しかしその瞬間、離島のようだった展示会場の中に、午後一回目のガイド付き館内ツアーのグループが遮光カーテンを開けて入ってくる音がした。トンジュはサンアの手を取って展示会場を抜け出した。


澄んだ冷たい空気を吸って頭の中をすっきりさせてほしいと思ったけれど、美術館の庭を歩いているあいだも、サンアは顔をしかめたままだった。誕生日はいい日でなくてはならないのに、どうしても根源的な原因を知ることができない。トンジュは息が詰まりそうなほど胸が苦しくなった。もしかしたら、それでわざとこんなことを言い出したのかもしれない。

「もし二人でどこかに逃げるとしたら、どこに行けると思いますか?」

思わずそんなことを口にして恥ずかしくなった。「一緒に逃げよう」と彼女をリードできたわけでもなく、「どこかに逃げよう」と具体的な計画を示すことができたわけでもなかった。好きな女性にやっとの思いで言えたことが、「もし二人でどこかに逃げるとしたら」(仮定法)、「どこに行けると思いますか」(他人任せ)だなんて。本当に知りたいと思って訊いたわけだが、いざ口にしてみると、いくら心広く解釈してみようとしても、相手の胸の内を探りながら、責任逃れしようとしている情けない言葉としか思えなかった。しかしサンアの目には、非難の色が浮かぶどころか、さっきまで感じられなかった妙な生気が漂った。彼女は真面目にその問題について考えを巡らせていた。頭の中で、いったいどんな想像をしたのかわからないけれど、サンアは子猫のように目を輝かせながら言った。

「夫が追いかけてきたらどうする? あたしたち、殺されると思うわ」

トンジュは思慮深そうな笑みを浮かべた医師が追いかけてきて、毒の入った注射でサンアと自分を刺す場面を頭に浮かべてみようとしたが、うまくいかなかった。それより、本当に遠い場所へと逃げてしまったら……おそらくそこでは二人が今のように持ち堪えられないということだけははっきりと予想できた。相手を見つめている目の下が黒くくすみ始めて、二人はお互いに何も言わなくてもそれを理解することができた。

完全に二人が自分らしくいられる遠い国に逃げたいと言ったのに、サンアが購入した飛行機チケットの行き先はせいぜい済州島だった。せいぜい、という表現は、もしかしたらフェアではないかもしれない。トンジュは済州島が初めてだったのだ。

二人は空港からずっと一定の距離を置いて、搭乗口へと移動した。すれ違う視線には緊張と興奮が入り交じっている。同じ秘密を共有し、さらに大きな秘密を作ろうとして旅立つことだけでも、心臓がはじけてしまいそうだった。ここを逃げ出してからどうするかについてはまだ話し合えていなかった。とにかく旅立ってしまうこと、それだけで胸がいっぱいになった。

*

席も別々でなければならないということで、サンアが先にビジネスクラスに乗り、トンジュはエコノミークラスの長い列に並んで、大柄な二人の中年男性に挟まれて乗った。サンアから済州国際空港でもできるだけ距離を置くべきだと事前に説明を受けていたのにもかかわらず、トンジュはゲートを先に出て立っている彼女を見つけて、思わず駆け寄ってしまった。そんな彼を見てビックリしたサンアは、脚を引きずりながら急いで空港の外へ出てレンタカー会社に向かった。トンジュは青ざめた顔で慌てているサンアの後ろ姿を見ながら、複雑な気持ちになった。

サンアから送られてきたメッセージ通りに、済州国際空港のレンタカー会社の前で待っていると、シルバー色のセダンがトンジュの前に止まった。

「同じ車ですね！」

「そのほうが楽だからね」

トンジュは車に乗り込む前から、サンアの表情が微妙に疲れていることに気付いた。

「……何か、あったんですか」

「何も」

宿に向かうレンタカーの中で、トンジュは一足早く春の匂いを漂わせている済州島の風景を眺めていた。もうすぐ、サンアと一緒に過ごす二つ目の季節を迎えることになるだろう。トンジュはここに来る前に、愛の逃避行についての話が出てくる映画を検索してみた。

禁断の愛を叶えようとする恋人たちの逃避先は、たいてい「世の果て」といった寂寞として荒涼とした場所だった。外から孤立した海街の、表札すらない民宿やエレベーターのないおんぼろなマンションの最上階といった具合。恋人たちはそんな場所に隠れて少ない食べ物で空腹を紛らわし、毎度それが最後であるかのように昼も夜も相手の体を求める。しかし、いろいろな過程を経てしまいには破局を迎えることになる。最もありきたりなパターンは、どちらかの死だった。

つらくて悲しいエンディングを思い浮かべているうちに、二人が泊まる宿に到着した。目の前に広がる貸切型のプールヴィラは、映画で見た切実で、険しい雰囲気とは違っていた。だからといって不満があるわけではなかった。

サンアは暗証番号を押してドアロックを解錠し、部屋に入ってすぐに靴を脱いで二つの部屋とトイレをしっかり確認してから、ようやくトンジュが二つの荷物を持ってぎこちなく立っているリビング兼ダイニングルームに入ってきた。トンジュは待ってましたと言わんばかりに、サンアをぎゅっと抱きしめた。

「ようやく二人っきりになりましたね」

トンジュはサンアに口づけしてから彼女のコートを脱がせ、ソファの上にサンアの体を横たわらせる。トンジュはサンアの紫色のセーターとその下のブラウスを顎下まで一気に巻き上げ、胸を愛撫した。サンアが両目をぎゅっとつぶった。それまで我慢してきたあやうかった瞬間が次々と思い出されると、トンジュは息が上がり、今度はサンアのツイードスカートの中へ手を突っ込んだ。その時、サンアが顔をしかめながら、「あっ」と声を漏らした。

「どうしたんですか」

トンジュが火照っている顔を上げて、サンアの顔色を覗った。

「なんだろう、痛いの。ちょっと待って」

トンジュの下からサンアが体を引いて、脚を引きずりながらトイレに向かった。一人残されたトンジュは、ソファに横たわって両目をつぶり、息を整えた。思いっきり膨らんでいる股部が痛い。苦しさに胸をつかまれているあいだ、トイレから出てきたサンアがいつの間にかソファの隣に立って複雑な表情でトンジュを見下ろしていた。

「ちょっと体調が悪いみたい。そんな場合じゃないのに……」

その言葉に驚いてトンジュは体を起こした。こういう時に、自分はどんな言葉をかけて、どうすればいいかがわからない。もちろんそれにもかかわらず、自分が何をしたがっているかは、体がはっきりと知らせてくれた。しかし、それを……先に求めることはできない。彼女に痛い思いをさせたくなかった。ソファに並んで座ったまま、しばらく無言になった。

「それじゃあ……ちょっとお出かけしますか？」

このまま部屋にいると、さらにつらくなりそうだった。苦渋の提案に、サンアが力なげに笑みを浮かべた。

「どこに行くというのよ……」

もちろんあちこちを観光しようとは思っていなかった。でも……。

「知り合いにでも会ったらどうするの」

トンジュに言わせれば、サンアはソウルでも知り合いがあまりいなかった。その考えを読み取ったかのように、サンアが言い加えた。

「あんたにはわからない。あたしは他の人と歩き方が違うからね。それに、ソウルでは出版社の編集者だとか教え子だとかってごまかせるけど、ここではごまかしが利かないから」

彼女の話に納得したトンジュは、何も言うことができなかった。

「もっと遠くに行ければよかったのにね……」

サンアはトンジュにちらっと目を向けながら言葉を濁らせた。トンジュが急いでパスポートを作ることもできたけれど、それを待っていたらいつまでも逃げられなくなるような焦りに二人とも心が囚われてしまった。だから、どうしようもないことだった。

二人は結局、その一時間後に部屋を出た。サンアのお腹の痛みがさらにひどくなり、薬が必要になったのだ。近くのコンビニで鎮痛剤くらいなら手に入るだろうと思ったのに、結局空港近くの旧市街地にある薬局まで車を走らせなければならなかった。始終つらい顔をしてハンドルを握っていたサンアは、鎮痛剤を買って部屋に戻ると、すぐにベッドに倒れてしまった。トンジュはその横でサンアのお腹をやさしくさすりながら夜を過ごした。

次の朝、サンアは前の日より回復しているようだった。

「今日はお出かけしてみる？」

声もはきはきしている。サンアは鎮痛剤を一気に飲むと、レンタカーのキーを手に取った。二人は入場料が高額すぎて団体客が入らない美術館や地元人だけが訪れるという閑散とした森の散策路を訪れ、海産物を出す店で昼食を済ませた。トンジュは初めて来た済州島のすべてが珍しかったし楽しかったけれど、その気持ちを顔に出しすぎたらサンアに負担を感じさせてしまうかもしれないと考えた。空港でのように距離は置かなかったが、やはり誰かに気付かれるのを恐れているのか、サンアは習慣的に足を速めた。昼下がりになってサンアの体力が切れて、帰りの車の中は疲れによる重い沈黙でいっぱいになった。

「その年になるまで、免許も取らないで何してたわけ……？」

サンアの思惑通り、棘はトンジュに深く突き刺さった。彼女は誰かを非難する際に、無駄なく、一番痛いところを突く能力がある。当初の予定通り、済州島はだんだん「二人だけの孤島」になっていった。

その日の夜、すやすやと音を立てながらぐっすり寝ているサンアの隣で、眠れずに悶々としていたトンジュは、この逃避旅行に足りないものが何か気付くことができた。愛の逃避行を「完成」させてくれるのは、ずばり二人を追いかけてくる誰かだったのだ。逃げることは、失敗してようやく完成され得るものだった。しかし、二人っきりになって二日目になろうとしているというのに、二人を追いかけてきて毒の入った注射を打とうとして当然の、あの人の気配すら感じられない。サンアは夫が追いかけてきたり、電話を寄こしてきたりできないように、携帯電話の電源を切っておくんだと宣言し、実際そうしていたけれど、トンジュは時々彼女が電源を入れてメッセージを確認していることを知っていた。

サンアはその日の夜に宿に戻って夕飯の準備をしながら、トンジュが食事の準備すらてきぱき手伝えないことに癇癪を起こして涙を流した。トンジュは困惑しながらどうすればいいのかと言って、全部自分がいけなかったと謝ったが、サンアは何でもかんでも教えなければならないのはうんざりだと言った。無力感に襲われて固まっているトンジュを見て、サンアは「違うの、あんたのせいじゃない」と思いつつも、すでにこの「逃避」は悲惨に失敗してしまったということにはっきりと気付かされた。サンアは次の日に、ソウル行きの航空券を買った。

金浦空港で目だけであいさつをして別れてから、サンアからの連絡は一切来なくなった。言い残したことがまだ山ほどあったが、いまさらそれが何の役に立つというのだろう。トンジュは彼女に連絡したくなるたびに、その気持ちを抑えて飲み込む方法を覚えていった。帰りの見通しを立てずに行った旅行で美術館のアルバイトをやめていたため、時間が余りに余った。トンジュは何かに憑りつかれたかのようにいつ必要になるかわからないパスポートを作り、家から一番近い運転免許センターに登録した。それから何かに追われているかのように最短で免許を取り、十八万キロメートルを走った中古車を安く買って、時間を見つけては運転練習をした。なかなか眠れない日には真夜中に出て、両側の窓を開けっ放しにしたまま気が済むまで運転をした。あっという間に実力がついた。それからしばらくして、偶然にも運転能力が必要な仕事が見つかった。友達の兄がグラフホテルのドアマンの仕事を紹介してくれたのだ。

「難しい仕事ではない。ただ入ってきた車のドアを開けてあげて、たまに車の駐車を手伝えばいいんだから」

あいだで取り次いでくれた友達はそのように説明していたけれど、グラフホテルのドアマンの仕事はそれほど甘くなかった。昔から引き継がれているマニュアルファイルには、ホテルをよく利用するＶＩＰ客の名前と車両ナンバーがぎっしりと記録されている。客によって、名前を呼んでもいい客とダメな客、声をかけてもいい客とダメな客で区分されていて、新聞や雑誌に掲載された客の写真も、名前の横にスクラップされていた。道を案内することも多くて、近くにある主要な会社やビルの名前をすべて覚えなければならなかった。それでも一日五百台の車が行き交っていた時代に比べれば、最近は暇なほうだという。

トンジュは三交代システムの中で、みんな避けたがる夜勤を志願した。

「みんなが嫌がる深夜時間を選んだってね。若さっていいよな。深夜だからやることはあまりないだろうと期待しがちだけど、昼夜が逆転すると一か月で体がぼろぼろになるんだよ。だから健康に気をつけて……あと、三か月後に閉館なのはわかって入ったんだろ?」
ちょっと前まで夜勤を担当していた先輩の言葉に、トンジュは頷く。夜勤手当がもらえるわけだし、夜に家で一人で感傷にふけることを避けたくもあった。とはいえ、初めはやはり大変だった。シルバー色のセダンがぐるっと円を描いて正門に入ってくるたびに、胸がドキッとした。韓国にはシルバー色のセダンが多すぎる。その車が目の前から消えたあとも、しばらく胸の騒ぎが落ち着かなかった。トンジュにもまだ時間が必要だった。

勤務中だからといって、感傷にふけることをやめられるわけではなかった。深い夜、目の前の鬱蒼とした森から吹いてくる風に当たりながら呆然と立っていると、静けさの中ですべての感覚が研ぎ澄まされる。虫の音を聞きながら、目の前のモミジやイチョウなどが風になびいている様子を眺めていると、おのずと涙が込み上げてきた。トンジュは静かに目を閉じて深く息を吸いながら、心の奥底からメアリー・オリバーの「千の朝」を思い浮かべた。

心が夜通し不確かな荒地をさまよっても、夜が朝に出会い、打ちのめされれば、明かりは深まり、風が和らいで、待つことになるでしょうし、そして私も紅冠鳥《こうかんちょう》の歌

を待つでしょう

夜を耐えて朝を迎えたとしても、恋しい気持ちが収まらないことが多かった。そろそろ本当に記憶から消さなければならないのに。勢いよく込み上げてきては水泡のように消えて行った真夏の夜の夢。耐え切れないものをようやく手放すことができたという解放感とともに、無力感が深く染み込んだ悲しみが長く続いた。相変わらず囚われている、ということはこういうことなのだろう。

＊

「その後、その女性と連絡したり、向こうから訪ねてきたりしたことはありませんか」

話しをやめて、新しく注いだ焼酎を飲むトンジュに、私は訊いた。

「三か月くらいは。それで完全に終わったと思ってたら……二週間くらい前に、突然訪ねてきたんです」

トンジュは視線を落として短いため息をついた。

＊

「そういう兵隊のおもちゃみたいな服は、恥ずかしくないわけ？」

入ってくる車も、出ていく客もほとんど見られない深夜零時くらいに、耳元でずっと響いていた彼女の声が聞こえて、トンジュは脚の力が抜けてしまった。

トンジュは気を付けてゆっくりと、うっかり間違えて跡形もなく消えてしまわないように横を振り向く。サンアはホテルの向かいにあるサクラの森を見上げていた。彼女の横顔は美術館で初めて見た」時とそっくりそのままだった。桃のように赤い頬、鼻筋の通っている鼻、すっきりとしたおでこ。トンジュはどうにか気を取り直して、ホテルの中のベルデスクの様子をうかがったが、外のことを気にするスタッフは見当たらなかった。

「元気だった？」

しばらくためらって、正直に答えた。

「……いえ、あんまり」

サンアは満足げな笑みを浮かべると、バッグから取り出したタバコを咥えて、またバッグの中を漁り始めた。

「ねえ……ライターある？　忘れたみたい」

サンアがタバコを吸うのは知らなかった。トンジュはタバコを吸わなかったけれど、ドアマンはこういう状況に備えていつもポケットに予備のライターをしまっている。トンジュはタバコに火を付けながら勇気を出し、恋しくも憎たらしくもあった彼女の顔を見下ろした。よく見ると、ここに来る前にずっと泣いていたかのように目が腫れあがっていた。

彼女はタバコを深く吸い込むと、トンジュを見てニコリと笑った。

「夜はずいぶん涼しくなったね」

サンアはふたたび森に視線を戻して、深く吸い込んだタバコの煙を長く吐いた。

「あっ、でも、すぐそこが森だから、火が燃え移りでもしたら大変だわ」

気安い話ばかりしているサンアの隣で、トンジュはだんだん胸が締めつけられるような思いがした。

「こうやっていきなり現れてきたら、僕はいったいどうすればいいんですか。心構えも全然できてないのに、やっと忘れかけてきたのに……こうやっていきなりやってきて、僕にどうしろと……」

サンアは黙ってそっとタバコの火を消した。

「僕より大人なんだから……それくらい我慢しなきゃ。僕だってこんなに一生懸命我慢してるのに……」

「年と何の関係があるわけ？」

サンアは詰まっている声を振り絞り、鼻でせせら笑った。

「恵まれているからなんでしょ？」

何にも動じなかったサンアの顔から笑顔が消えた。トンジュはそのひどい言葉が本音ではなかったと謝ろうとしたが、どうしても口に出して言うことはできなかった。真夏の熱帯夜がようやく終わり、みんなが安らかに眠れることを願っているし、そろそろ夢から目を覚ます時間が来たのだから。

＊

「タクシーをつかまえてほしいと言われました。二人とも、それが最後だろうとわかっていたんです。実際そうだったし。ドアマンのマニュアル通り、車が見えなくなるまで上体を九十度に倒して礼をしました。そうだ、彼女がタクシーに乗り込む時に、僕に一万ウォン札を握りしめてくれたんです。いったい何を考えてるんでしょうね」

トンジュが二週間前の夜のことを思い浮かべながら、とげとげしい声で訊いた。

「いつものクセが出たんでしょうね」

私のてきとうな返事に、トンジュは寂しそうな目をしてクスッと笑った。

「それからちょうど三十分後に、ホテルで火災警報が鳴りました。避難命令が出て、ざわざわしていると思ったら宿泊客たちがパジャマの上にバスローブだけを羽織ったまま、貴重品だけ手に持ってホテルの外に逃げ出したんです。気持ちを落ち着かせる暇もなく、非常事態が起きてびっくりしていました。幸いにも当直中のマネージャーさんが客を落ち着かせながらうまくまとめていたので、それ以上の騒ぎは起きませんでした。客たちはむしろ、ずっと謝罪しているマネージャーをなだめてくれたんです。ここは本当にずっと愛されてきた、素晴らしいホテルだったんだなあと改めて痛感しました。その時になって初めて、グラフホテルが閉館するのが残念に思えたんです。え……？　あ、はい、そうです。予想されている通りです。あとで火災警報が鳴った原因を聞いたら、最上階の奥の部屋で火事があったそうです。幸いトイレだったから、すぐに消火できたそうですが……その部屋に泊まっていたのは女性で、仮名で予約して、現金で宿泊料を支払ったそうです」

私は、事件を思い返すトンジュの顔をじっと見つめた。たったの焼酎二杯で顔が赤くなった彼の表情は妙に生き生きとしている。

「何がそんなに嬉しいんですか」

私はいたずらっぽく彼に尋ねた。

「実は……その話を聞いて、すぐに彼女が犯人だってわかったんです。で、嬉しくなりました。少なくとも僕たちが互いを好きだった時間や、済州島で一緒に過ごした惨めな時間をすべて否定されているわけではないような気がしたから。誰が何と言おうと、僕たちは互いに本気だったんだって。きっと他の人には呆れられる話でしょうが……」

「至上の愛は、時に意外な形で現れるものですから」

もちろん多くの人はそのように考えないだろうけれど、トンジュは理解されたことにホッとし、姿勢を変えながら改めて私に問いかけた。

「僕たちは、本当に愛し合っていたんでしょうか。それとも単に非道徳的な行為をしただけだと思いますか」

「作家はそういう判断は下しません。というかできません」

相手が求めている話をするのは欺瞞だろう。

トンジュは呆然と天井を見上げて、深い息を吸った。少しのあいだ、静寂が流れた。

「作家として私が知りたいのは、こっちのほうですね。何も考えないで済州島に旅立った時に、トンジュさんは二人のあいだに未来があると考えたんですか。本気で？」

トンジュは少しも迷わずに頷いた。

「ええ、そう思いました。おかしく聞こえると思いますが、結婚まで想像しました。最後の一線を越えずにあれほど好きになれたから、そんなことを思わずにはいられなかったんです」

その最後の言葉は、トンジュの泣き叫びに近かった。

*

今になって振り返ってみると、最後の質問はしなくてよかったのではないかと思う。相手の緊張をほぐそうとして酒を頼んだのに、ほぼ自分で飲んでしまったから仕方のないことだった。その日は、家に帰ってから小説を一行も書くことができなかった。

彼に謝りたかったのに、私はそれから一度もトンジュに会うことができなかった。しかし、彼に遭遇したあの年の初秋の夜と朝を思い出すたびに、私はメアリー・オリバーの『ブラックウォーターの森にて』を同時に思い浮かべた。

川の向こうには

私たちが
永遠にその意味を知り得ない
救いがある。
この世界を生きていくためには

三つのことを
できるようにならなくてはならない。
有限な生命を愛すること、
自分の人生がそれにかかっていることを

知って　抱きしめること、
そして手放すべき時が来れば
手放すこと。

みんなの眠りが穏やかになっていることを、私は心から願っている。

招待されなかった人々

ランニングマシーンのスピードを八にして全力で走っていた時、その電話はかかってきた。サンウはスピードを五に落として歩きながら、慌ただしく折りたたみのスマートフォンを開いた。

「今どこ？」

ヨンイル先輩だった。騒がしい話し声が受話器の向こうから聞こえてくる。

「運動中です」

サンウはスピードを三にさらに落として、手すりにかけておいたタオルを手に取った。

「若いヤツが健康を気にしすぎるのって気持ちわるいんだよ……。メッセージで住所を送るから、早くシャワー浴びて来い」

夜にかかってくる電話でいいことがあったためしがない。

朝から収録があるが、先輩芸人ヨンイルの電話を無視するわけにはいかなかった。かわいらしい見た目のヨンイル先輩は、時々いたずらっぽい振る舞いをして相手に親しみを感じさせるのだが、実際はものすごい権力を持つグループのリーダーだった。いくらこの業界の生態が変わってきているといっても、「コネクション」とか縄張りとかというのはいまだに影響力を持つ。わざわざヨンイル先輩に嫌われるようなことをする必要はなかった。主従関係を大事にするマッチョだけれど、行動力があってシンプルな性格だから、言われたことをちゃんとやればどんな形であれ面倒を見てくれる。仕事だけさせておいて自分の利益のことしか考えない先輩も少なくないから、サンウもヨンイル先輩の面倒見のいいところは認めざるを得なかった。浮き沈みの激しい放送業界で、十年以上トップの座を守り続けているのも、ギブアンドテイクをちゃんと守っているからだろう。

サンウは息を整えながらランニングマシーンを停止させて、タオルを首にかけてシャワー室に向かった。鏡には尖っている顎に、肉付きがなくげっそりとしている頬、小さい目の目尻が上がっているつまらなそうな男の顔がぼんやりと映っている。

*

ファインダイニングの入り口で、サンウの顔を見てすぐに気が付いたレストランのマネージャーが部屋まで親切に案内してくれた。ヨンイル先輩は、彼よりもやや年上に見える男三人とテーブルを囲んでワインを飲んでいた。

「ヤツが来ました」

カジュアルな服装の男二人がヨンイル先輩を挟んで座っており、スーツを着込んだ男が一人奥の席にいる。おそらくゴルフのあとだろう。サンウは、ヨンイル先輩がワンマンショーで彼らを楽しませることに疲れて、一番近くに住んでいる自分を呼び出したのだとすぐに察した。労力を絶対無駄遣いしないヨンイル先輩が「芸能人面」をしてここまで真剣になっているからには、普通の人ではないのだろう。ヨンイル先輩が芸人の中でも大企業の会長や財閥とのパイプが太いというのは、ただの噂ではなかった。なんだか高そうなワインのボトルを眺めながら、サンウは今日のカモは誰だろうと考えた。

男たちはお辞儀をするサンウを見て、実物の芸能人を見た時のよくある反応を見せたけれど、少しばかり警戒心や緊張感もにじませていた。サンウはそういう反応に多少慣れている。それにはサンウのイメージが、ヨンイル先輩の「優しくて気さくなアニキ」というイメージとは正反対だからという理由もある。サンウは強面《こわもて》なうえに、相手を毒舌で非難する辛口のギャグで知られていた。ただの罵倒ではなくて「事実」に基づいた痛烈ギャグだと褒めたたえるコアなファンもいるにはいた。

「テレビでよく拝見しています」

会長、副会長と呼ばれているカジュアルな服装の男二人は、サンウに名刺を儀礼的に渡すと、ふたたびヨンイル先輩と会話を続けた。スーツ姿の男は、サンウには目もくれずに彼らの話に耳を傾けながらたまに頷いている。そうこうするうちに話がとある人間への露骨な悪口へと移ると、別のところに目をそらしたり、トイレに行くと言って席を外したりした。サンウに場の盛り上げを期待していたヨンイル先輩は、まだこの状況を自分一人で仕切っていることにイライラして、サンウに会話に入ってこいと言わんばかりの目配りをしたけれど、サンウとしては把握し切れない会話に、どうやって入っていけばいいか見当がつかなかった。放送局のお偉いさんとは一緒にお酒を飲んだことがあるけれど、この人たちは完全に別の世界にいる人間のように見えた。何かうっかり言い間違えてヨンイル先輩を困らせはしないか心配でもあった。

「しょうがない」

ヨンイル先輩はいくらかあきらめたように、ウェイターを呼んで新しいワインボトルを開けた。

一人でぽつんと座って無言でグラスに口をつけてばかりいた銀色のメガネの男が、遅ればせながらサンウに名刺を手渡した。「バン・イジュン」という名前の横には、見たことない投資顧問会社の名前と、その代表であることが記されている。

「もし僕がテレビの仕事をしているなら、プライベートではあまりしゃべりたくないだろうと思います」

イジュンが固く閉じていた口を開けて言いながら、ヨンイル先輩のほうにちらっと目を向けた。

「ヨンイル先輩のようにプライベートでも面白い芸人がいれば、俺みたいに全然口下手な人間もいるんですよね」

後ろ髪を掻きながらサンウは返事した。

「確かに、プライベートだと全然つまんないヤツがいるんですよね。ソイツも性格がきつそうに見えて本当は人見知りだし……」

耳のいいヨンイル先輩が、顔をさらに赤くして舌打ちしながら話に割り込んできて、ふたたび両側にいる「アニキ」たちに注意を向けた。イジュンはヨンイル先輩に穏やかな笑みを向けてから、落ち着いた低い声でサンウに尋ねた。

「ユン先生はどうやって、この仕事を始められたんですか」

「先生だなんて、ユンと呼んでください」


芸人になった理由については、対外用のありきたりなレパートリーがある。「幼い頃から将来は芸人になりたいと思っていた」とか「遠足の時はみんなの前で場の雰囲気を盛り上げた」とか。どちらも決してウソではないけれど、なぜかいつも言うエピソードをここでは言いたくなかった。収録が多い日だったたし、夜の運動までしてへとへとだったのだ。イジュンの輝く目を見ていると、ますます形式的な返事はしたくなくなった。

「子どもの頃はいじめられてたんです」

サンウは淡々と話し始めた。イジュンは一瞬眉毛を持ち上げたが、すぐに薄い笑みを浮かべた。「なるほど」というような表情だった。

「もし差し支えなければ、その頃の話をもう少し聞かせていただけませんか」

「他の子たちより小柄だったんです。食が細くて偏食もひどかったし。化粧品の店をやっていた母が、ちゃんと食べさせられていないのを気にして漢方薬を買ってきてくれたんですけど、飲まずにこっそり捨てちゃったから……。小学校高学年になってからは、体の大きい子たちにケンカを売られるようになりました。正確に言えば、小柄だからというよりは……」

サンウはしばらく言葉を止めて、人差し指を自分の顔のほうへ向けた。

「顔つきが悪くてムカついたんでしょう。よくもこの顔で芸人になったなと思ってます」

「それはどうでしょうね」

イジュンが指でメガネを押し上げながら言った。

「とにかく、小柄で、顔つきもよくなかったからよく殴られました。そんなある日、殴られながらちょっと面白い言葉で反発をしたら、ボスだった子が『コイツちょっと面白くね？』と言ってみんなを止めてくれて、そこから状況が急変したんです。その数か月後には一緒に遊ぶようになりましたし、いまでは一番の親友です」

「ユーモアの力ってすごいですね。ステキな才能だと思います」

「本当はめっちゃビビッてたんですけどね」

サンウはまるで昨日のことのように胸騒ぎを感じながら、当時を思い返した。

「実は、僕も小学生の頃にいじめられたことがあります」

「あなたが、ですか？」

イジュンが柔らかな笑顔で頷いた。

「勉強ばかりするからってみんなに嫌われてたんです。父は勉強については非常に厳しかった。誕生日に友達を家に呼んできてって母に言われて、クラスのみんなに一応伝えたんですけど、結局誰も来てくれませんでした。それで僕がいじめられていると思った母が、担任の先生と面談をしたりして」

「……もしかしたらあなたがクラスのみんなを寄せ付けなかったんでしょうかね」

イジュンはその言葉にケラケラ笑いながら、すました顔で体を前に屈めた。

「ユン先生は、いや、サンウさんは……直感が鋭いですね。虚を突かれたようです」

サンウは知的な人だと褒められたみたいに、なんだか聞き慣れないその言葉が嬉しかった。


楕円形テーブルのど真ん中でワインを次々飲んでいた三人が酔っぱらったことで解散となった。始終「アイツを呼ぶべきじゃなかった」と言ってサンウをにらみつけていたヨンイル先輩は、マネージャーに支えられて出て行き、男二人も迎えに来た秘書と一緒に帰って行った。イジュンは自分の顧客である男二人を見送ってから、重荷が下りたかのようなすっきりした声でサンウに尋ねた。

「今度僕からまたご連絡を差し上げてもいいですか」

サンウは瞬きをしながら頷いた。

＊

「きつっ、二日酔いがひどいんだよ」

次の日、ドアを開けて控室に入ってきたヨンイル先輩は、片方のクッションがつぶれたソファに横たわって両手で顔をこすり続けた。

「財閥に付き合うのってもううんざりだよ」

ヨンイル先輩がぶつぶつ言いながら、サイドテーブルにある缶コーラに手を伸ばして蓋を開けた。横たわったまま炭酸飲料が飲める恐ろしい人。

「だったらやめればいいじゃないですか」

サンウがパラパラめくっていた収録用の台本をポンと投げ出した。

「馬が合って好きな人とばかり付き合えるかっつーの。あっちこっちに繋がっておけば、ここぞという瞬間に助けてもらえるわけだし。お前は融通が利かねえんだよ」

「ですよね。どうせ俺は融通が利かないヤツなんです」

サンウがへそを曲げて返事すると、ヨンイル先輩はさらに饒舌になった。

「お前がどう考えてるかわかるんだけど、昨日の人たちはそれでも紳士なほうだよ。俺がいま通ってるAホテルのフィットネス、わかるだろ？　あそこにいる金持ちの年寄りたちは、芸能人のことを自分たちがお金を払って宴会に呼んだピエロか何かって思ってるわけ……中小企業のくせに会長って呼ばれているからって威張ってるんだよ。こっちから先にあいさつしなかったらにらみつけてくるし……。はあ、それで声をかけると、喜んで口元が緩む。そのあと、どうなるかわかるか？　次にまた顔を合わせた時に、俺を捕まえて無駄話をえんえんとするんだよ。クッソー、こういう顔で生まれたのがいけないんだ……優しく見えちゃうからさ。ちょっとでもそっけなくすると、すぐ悪口を言われちゃう……俺と違うお前がうらやましいよ」

楽しくまくし立てて、一瞬話しをやめたと思ったら、ヨンイル先輩の口から大きなゲップがゲフッと出た。

サンウは台本の練習をやめて、ヨンイル先輩の向かいに椅子を引きずっていった。

「でも、あのような人たちと付き合ったら、具体的にどこがいいんですか？」

「新鮮だからさ」

「新鮮……？」

「珍しいと言ったらいいかな。生まれた時からお金持ちの人っていうのがね。俺みたいな田舎もんがいくらもがいても手に入れられない余裕みたいなのが」

「あとは？」

「あの人たちはいろんなことを学んでるだろ？　ハーバード大学出身の人とたまに飲み

に行ってたんだけど、お酒が入ったらだらしなくなるのがあれだったけど、頭はすっごく回るわけ。なんか次元が違ったな」

ヨンイル先輩が手のひらで自分の頭の中は空っぽだというような仕草を見せた。サンウはヨンイル先輩のこういう正直なところが好きだった。少なくとも偽善的ではなかったから。

「あとは？　何がいいんですか？」

聞き続けたらまたどんな答えが出るか、サンウは楽しみになった。

「お金持ちが自然に享受していることを、隣で一緒に経験できるからね」

「先輩もお金持ちじゃないですか」

「次元が違うって……あとはお前たちと飲んだら、勘定するのは俺ばっかだろ？」

それは先輩の言う通りだった。

「スケールの大きさが全然違うところがすごいわけよ。一千万ウォン以上するビンテージのロマネコンティを、誰がさっと開けられるかって話。ソウルで一番近くて設備のいいゴルフ場だってぱっと予約ができるし、予約なしでは入れないレストランにもさっと入れるし、高いプレゼントも理由もなくガンガン買ってくれるし、株とか投資信託とかの情報？　あの人たちは自分より頭のいい専門家を動かせるんだよ」

サンウはすぐにバン・イジュン代表を思い浮かべた。

「それはちょっと打算的すぎませんか」

横たわっていたヨンイル先輩が、ケラケラ笑いながら上体を起こした。

「コイツ、俺が何回言えばわかるんだ。世の中の人間関係っていうのはすべて取引なんだよ。人間という種は、何かを差し出したら絶対にそのお返しを求めるわけだ。条件のない好意というものは、存在しない」

「ちょっと怖い話ですね」

「ふふっ、お前のそういうところが好きだけどな。いかつい顔して、意外と白い紙みたいに純粋なんだから。お前は、俺が金持ちにくっついて何か利益を得ようとしてると思ってるだろ？　それで同じお笑い芸人として、恥ずかしいって思ってるし。わかってるから、このバカ」

「いや」

「でも俺は、事業をやりたくてあの人たちにお金を借りることはしないから。あくまでも遊んでるだけ」

「別になんでもいいんですけど、じゃあ、あの人たちは俺たちに何を期待して付き合ってるんですか？　何のメリットがあるんです？」

呆れた顔でヨンイル先輩は残っているコーラを飲み干し、顔をしかめた。

「つまんないこと聞くよな……俺らってお笑い芸人だろ？　面白いから一緒に遊んでるのさ。考えてみろよ。何もかもが手に入る人間の人生を。どんなにつまらなくて退屈かって話だよ」

「そうなんですかね？」

サンウが眉間にしわを寄せながら、信じられないというふうに訊いた。

「ああ、めっちゃくちゃ。だけど芸人がいれば、とりあえずは盛り上がるわけだ。それに芸能界の裏話をちょっと聞かせてやればめちゃくちゃ喜んでな……。昨日それを知らなくて、ぼうっとしてたんだな。はあ、使えねえヤツ」

ヨンイル先輩はさっきまで枕にしていた湿ったクッションを、サンウの顔に投げた。

*

サンウがイジュンからのメールを受け取ったのは、それから半月くらいあとだった。その日は梅雨の雨が降り続いていた。

ユン・サンウさま

先日、キム・ヨンイル先生と一緒にお会いしましたバン・イジュンです。

この間、お元気でしたか。

季節もあっという間に夏至から小暑へと変わりました。

どうかお体に気を付けてご活躍ください。

お会いした際に、すぐにご連絡差し上げるとお話ししましたが、少し時間が経ってしまいました。

大変申し訳ありません。

もしお時間よろしければ、近いうちに一度お会いできますでしょうか。

下記の日程からご検討いただけますと幸いです。

またお会いできるのを楽しみにしております。

バン・イジュン　拝

無駄がなく丁寧なメールを読みながら、サンウは先輩が言っていた「新鮮さ」というのは、こういうことではないだろうかとぼんやりと考えた。

＊

グラフホテルの正門前に生い茂っている草木のあいだから、虫の鳴き声が聞こえてくる。高校を卒業してソウルに上京する前までは、毎年夏に耳にしていた懐かしい音だ。サンウは成人して独立したいまでも、ホテルに入ると圧倒されてしまう。その威圧感は羨望という気持ちの裏面でもあったけれど、子どもの頃から馴染みのあるものではないからだろう。グラフホテルは初めてだったけれど、ここの話を都市伝説のように何度も聞いたことがある。男性俳優Bと女性歌手Aが密会をする場所だったのだが、Aがこっそり付き合っていた男性俳優Cが現場に押しかけてきて修羅場になったという話、来韓コンサートを開いたイギリスのポップスターがコンサートが終わってからも余韻が覚めなくて、真夜中にロビーのラウンジに下りてきて即興でピアノを弾きながら歌を歌った話など。しかし、いざ回転ドアを押して中に入ってみると、ここは「クラシック」という感じを通り越して古いという感じさえ漂わせていた。ここより洗練されていてモダンな感じのホテルはいくらでもあっただろうに、イジュンがここで会いたいと言ったのが意外に思える。

約束の場所は、ロビーの奥にある隠れ家のような会員制のピアノバーだった。こういう場所があるというのを、サンウは初めて知った。重い防音ドアを開けて中に入ると、高い天井、クリーム色の壁紙、間接照明だけの落ち着いた空間が目の前に広がる。そのど真ん中には黒いスタインウェイのピアノがあり、四十歳くらいの女性ピアニストが、シルク素材でVネックが深く開いた銀色のツーピースを着込んで、デューク・ジョーダン(Duke Jordan)の「Glad I Met Pat, Take3」を演奏していた。客のほとんどは中年の紳士で、みんなピアノの旋律より小さな声でひそひそと話している。

一番奥の窓際に座って夜景を眺めていたイジュンは、サンウが来たことに気付くと、席から立ち上がって片手を上げて見せた。

*

「なんでこんな場所？　って思いました？」

席に座りながらあたりを見回しているサンウに、イジュンがだしぬけに訊いた。

「ちょっと意外で」

黒いスーツを着たウェイターが席に近寄ると、イジュンはキープしているウイスキーを持ってきてほしいと頼んだ。

「ここは軽く一杯やりながらピアノの演奏を楽しむところなので、先生のように顔が知られた方でも入りやすいだろうと思いました」

「先生と呼ぶのはやめてください。本当に……」

顔色を変えて慌てるサンウを見て、イジュンはニコリと笑いながら頷いた。

「それにしてもめちゃくちゃいい場所ですね。俺みたいなヤツには似合わないけど」

「何をおっしゃるんですか」

「本当です。このホテルにこんな場所があるなんて知らなかったし」

サンウはピアノバーの中をもう一度ぐるっと見渡した。品があっても重苦しくはなくてバランスが取れており、秩序が保たれていて、自由な雰囲気も感じさせてくれる独特な空間だった。長いあいだ、ホテルと客が一緒に作ってきた雰囲気なのだろう。

「私にとってここが特別なのは、古い友人のおかげです」

イジュンは壇上にいるピアニストに目を移した。ピアニストはその視線を鋭くキャッチし、唇を尖らせながらイジュンに無言のあいさつを送った。

「彼女はソルミです。もともと私立オーケストラの所属だったんですが、窮屈だからということでフリーになって。このホテルで演奏するようになったのは五年前からです」

芸人としてテレビに出て、仕事が減ったら巡業に出るようになるのと同じ流れなのだろうか、とサンウは考えた。その考えを読んだかのように、イジュンが言葉を続けた。

「ソルミの演奏をここで聴けるようになったのは、すごいことなんですよね。前は演奏会に行かなければ聴けなかったわけですから。しかもあの人の性格上、他のホテルなら引き受けなかったと思います。アーティストをちゃんと大事にしてくれるし、何よりもここは経営者の哲学がそもそも他のところと違うから」

「そうなんですか？」

サンウは他のところとどう違うか気になった。

「街のど真ん中という場所に、七階建ての本館と五階建ての別館だけ建てて、余った敷地にプールやら芝生の庭園やら散策路やらを随所配置しているということは、オーナーが利益以外の価値を重視したということですから。建築家の審美眼を絶対的に信頼しているという意味ですし。普通の、いや常識的な事業家なら、最大限の利益を出すためにできるだけ高く建てたでしょう。こんな場所が撤去されるだなんて、とても残念です」

「閉館するんですか？」

サンウが目を丸くして訊いた。

「ええ、残念ながら。オーナーから提示された条件が、『すべて撤去して建て直すこと』だったそうです。普通、自分が造ったものを壊すのを嫌がるでしょうに、ここのオーナーは変に形が変わるくらいなら、むしろ壊しちゃったほうがいいという立場らしいです。本質が壊されるくらいなら、いっそのこと壊しちゃおうと……普通の人間の考えることじゃないですよね。変わっているし、ある意味立派な方だと思います」

イジュンはひげがきれいに剃られている顎に手を触れながら言った。

「ホテルを壊したあとは高層ビルが建つんでしょうね」

「おそらくそうでしょう。それが再開発の論理というものですから」

時間が経つと、ピアノの前のカウンターテーブルに一人で訪ねてくる客が一人、二人と増えてきた。その人たちはオン・ザ・ロックを一杯ずつ手に持ち、ピアニストの目の前で演奏を楽しんでいた。ピアニストは演奏の合間に時々客たちとスモールトークをし、客が昼間に感じただろう緊張とストレスを少しずつほぐしていった。目立つほどの美人ではないけれど、サバサバした口調や優雅な身振りがとても魅力を引き出していた。

イジュンとは大学時代の恋人ではないだろうか、とサンウが考えているあいだ、ピアニストは雰囲気をドラマティックに変えながら「Summertime」を弾き始めた。場の温度が、何度かヒートアップした。

「あの日の夜に集まった人たちも、いわゆる常識的な事業家たちなんでしょうね」

「そうですね。利益を出すことに関しては合理的な判断をされる方たちです。事業というものは、本来はそういう人がやったほうがいいでしょうし」

「あの人たちが出す利益なんて、俺のような芸人には想像もできない金額でしょうね」

「サンウさん、お金を稼ぐためには二つの方法があるんです」

純粋な好奇心を何のはばかりもなく見せるサンウに、イジュンが氷の入ったグラスをゆっくりと揺らしながら口を開いた。

「自分が労働して稼ぐ人、それからお金がお金を稼ぐようにする人。僕の場合は前者ですが、あの方たちは後者です。生まれながら裕福なケースと言いますか。前者が頑張っていい教育を受けて、いい会社に入って、そこで成功したとしても、結局は後者がもっとお金を稼ぐようにサポートする役割を担うだけなんです。後者は子どもたちに大変な受験勉強などさせません。必死に勉強してきた人を社員として雇えばいいわけですから」

「あまりにも不公平ですね」

「人生はもともと不公平なものです。僕もそういう人生でしたが、おそらくは子どもも自分のような人生になるでしょう。それだって運がよければですが」

イジュンは他人事のように淡々と話した。サンウは大人しいイジュンが話の行間ににじませた苦々しい悪意を感じ取りながら、二人のテーブルのあいだに漂っていた空気が冷たく変わっていることにふと気付いた。その冷たさに、サンウは好奇心が湧いた。

「同じ脈略ではないかもしれませんが……芸人も生まれつき才能があって、天才的な笑いを取る人がいるんです。いくら頑張っても絶対的に越えられない圧倒的なお笑いの感覚があるわけで」

「サンウさんはそれを見てカッとなったり嫉妬したりしませんか」

イジュンが優しく訊いてから、ウイスキーを一口飲み込んだ。

「たまにはしますね。人間ですから。でもどちらかというとすごいって感心しちゃうほうかもしれません」

「才能の領域ですから、敬意を抱くこともあるでしょうね。でも生まれながらの財力というのは、才能というよりか幸運に近い。財力を増やすための才能は、周りの人だけに必要なものであるわけで」

「バンさんはカッとなったり嫉妬したりしませんか」

サンウは同じ質問を投げかけてみた。イジュンは面白いと言わんばかりに穏やかな笑みを浮かべながらしばらく考えて、ゆっくりと口を開いた。

「私はあの方たちの近くで『仕事』をしているだけです。それから仕事をする時は、特にお金を扱う時は、できるだけ先入観と感情を挟まずに働く訓練ができていないといけません。お金自体は、汚いものでも、きれいなものでもありませんから」

「それでも人間である以上、憎たらしいと思うことはあるでしょうね」

「人間……人間を憐れむべき存在として考えれば、財力を持って生まれた方たちにも、それなりの苦労はあるのでしょう」

「……たとえば？」

「想像できないくらいたくさんの人が、お金目当てに近づいてくるんです。そういう意図がなかったとしても、意識していないとしても、そういうケースが多い。それくらいお金の影響力は大きいんですよ。でもあの方たちもそれを知っていて、だまされてあげることもあります」

「どうしてですか」


「友達が演奏をしてるんだから、聴くふりくらいはしてよ。何の話をそんなに真剣にしてるわけ？」

隣からハスキーな女性の声が聞こえた。話しに夢中になっていたせいで休憩時間になったことにも気が付かなかった。ソルミがイジュンの隣席に腰を下ろして、嬉しそうに彼のほうに腕を回した。

「こちらは芸人の仕事をされているユン・サンウさん。すみません、この人はテレビもニュースも普段見ないので……」

「光栄です。人を笑わせるのって素敵なお仕事ですよね」

ソルミが勢いよく手を伸ばして握手を求めた。

「このピアノバーはソルミのおかげで政治経済界の人たち、有名なアーティストたちで賑わってました。閉館するという噂が出てからは昔ほど人が集まらなくなりましたけどね。私だったらもっと頻繁に寄るだろうに」

昔のような雰囲気だったら、今のように落ち着いて楽しめないだろうとサンウは考えた。

「さっき見たら、演奏の合間にも客の相手をされてましたね。お疲れではありませんか？」

名のあるピアニストが客にそこまでする必要があるだろうか。サンウは理解ができなかった。

「付き合いが長い客なので、放っておくわけにはいきませんよ。みんなどこか寂しかったりつらかったりして来られるわけですから……」

「こうやって心優しいところがある一方で、時々酔っぱらった客が騒いだら、演奏をやめて『うるさくしないで帰ってください』と言うんですからね。大学のサークルの時もちゃんとものを言うタイプだったから、みんな怖がってました」

「ちょっと！　そんなこと言ったら、私の高尚なイメージがダメになっちゃうじゃないの」

ソルミがイジュンを咎めながら腕をぽんと叩いた。サンウはアルバイトをしてまともに楽しんだことのない大学時代を、この二人は思い出に残していた。サンウがああだこうだ言っている二人を見ながら、二人が恋人どうしだったかどうかなどどうでもいいことだろうと考えた。時間が経っても、久しぶりに会っても、自然と打ち解けられる異性の友達がいるのが、非常に素敵だと思えたのだ。

「聴きたい曲があったら教えてください。お会いしたのを記念して演奏します」

ソルミが席を立ちながらサンウに向かって言った。

「すみません、俺はクラシックとかジャズとかには疎くて……」

「それじゃあ、サンウさんの代わりに一曲お願いしていいかな」

イジュンが割り込んできた。

「いいよ」

ソルミは肩をすぼめると、ピアノの前に戻って「Stardust」を弾き始めた。

*

それからもイジュンは、サンウを度々呼び出した。二人はほとんどグラフホテルのピアノバーで落ち合った。話し合えば話し合うほど、二人にはいくつもの共通点があるのがわかった。男どうしで群がって政治をするのがあまり好きではなくて、公私を区別して人付き合いしようとすること、何人かで集まるよりは一対一で会うのが好きなこと、お酒を飲みすぎないで次の日の体力を温存するために二時間で席を立つこと、ゴルフがあまり好きじゃなくて代わりにテニスをしていることなどなど。ある意味、典型的な韓国の男性とはどこかズレている。

秋が始まったある週末の朝、二人は初めてテニスをした。気温が上がる前にひとゲームを終わらせてからベンチに並んで座って休んでいると、サンウがだしぬけに、返事が聞けなかったこの間の質問を改めて投げかけた。

「そういえば、この間の話が途中でしたね。生まれながら財力を持っている『後者』の人たちの話。お金目当てに近付いてきてるとわかってて、どうして放っておくんですか」

「彼らが寂しいからです」

「はあ？」

驚いたサンウが聞き返した。

「持てる者は、それ故に寂しくなるんです。別にかわいそうだとは思ってません。人に貸したお金が返ってこなかったからって、どうせ致命傷を受けることはあまりないでしょうから。いや、こういう時には寂しくなる、と言うより『退屈になる』と言ったほうがいいでしょうか」

イジュンはイオン飲料を飲みながら言った。

「芸能人と付き合いをするのも……？」

その言葉に、イジュンがそっと口角を上げて笑った。

「それはまた別の話ですね。そう簡単に会えない人ですから。うーん……有名人だから、やっぱり親交を自慢したいんじゃないかと。たまに男女の関係に発展するケースもありますし」

「それで関係がこじれたりしたら、問題がややこしくなることはないんですか」

「時々そういう話も聞きますね。仲良くしたかっただけなのに、事業に投資してほしいと頼まれたとか頼み事がある時だけ連絡がくるとか」

「いくら財力があるといってもそれはちょっと。銀行みたいに自分のお金を預けているわけでもないんだし」

「それが本当の投資ならまだいいほうで、投資って言ってたのに蓋を開けてみたら破産寸前でお金を借りてたというケースもあるんです。ですが、金銭的な支援をした場合って、助けたのにそしりを受けることもあるんですよね。お金をもらった人は、ほぼ百パーセント連絡をしてこないんです。恥ずかしくて惨めなところを見られたら、その人とは気楽な関係になれないから」

「残念な話ですね」

「それでも頼まれる側でいるほうが、頼む側になるよりずっとマシです。そう思いませんか？」

　イジュンがテニスラケットの歪んだ糸を整えながら、ひとり言のように言った。正直、サンウはどちらにもなりたくなかった。

その日、駐車場で別れる前に、サンウはそれまで気になっていたことを率直に問いかけてみた。

「それじゃあ……バンさんはどうして俺に親切にしてくださるんですか」

ヨンイル先輩が言うほど純粋なサンウではなかった。企業の会長たちを相手する投資顧問会社の代表が、忙しい合間を縫って自分に会うことには、何らかの意図があるはずだ。親交を自慢されたこともなかったし、そんなことをする人でもないだろうし、まさか自分に恋心を抱いているわけでもないだろうし、だとしたら……。しかし、これまでイジュンは、投資のとの字も言い出したことがない。不安をベースに生きているサンウとしては、その不確かさのせいで落ち着かなくなり始めていた。

なんでそんなことを訊くのか、という顔でイジュンは声高く笑った。

「こちらこそ、サンウさんがどうしてそんなことを気にされているのかが気になりますが」

「本当に知りたいんです。バンさんと俺は全然接点がないわけだし。年も、仕事も……言ってみれば、互いに役に立つところがないというか」

サンウの真面目な表情を見て、イジュンは笑うのをやめてサンウをじっと見つめながら言った。

「……接点がないところがよかったんです」

「なるほど……」

「何の接点もないけど、サンウさんと私には似ているところが多いと思うんです。私って自分と似たような人を見抜くのがうまいほうでしてね。他の人に理解されようとするよりは、多くのことを自分で、どうにかして飲み込もうとするタイプなんです。全然違うタイプの仕事をしていますが、そういう人どうし、口に出して言わなくても通じるところがあると思います。年を取ってからそんな人に出会えるのってとても貴重ですし、ありがたいことなんですよね」

突拍子もない話しを続けるイジュンの上品さに、サンウは息が詰まりそうになった。

「いや、だから俺が知りたいのは……」

目をつぶり、何度か深呼吸をした。

「はい」

「どうして俺には、お仕事のほうの話はされないんですか」

「ああ……」

今度はイジュンが虚を突かれたかのような表情になった。

「正直、いつ投資の話をされるだろうかとずっと心の準備をしていたもので」

胸の内を打ち明けられてすっきりした一方で、相手を咎めるような言い方になってしまったのが、サンウは恥ずかしくもあった。

「私がそういう話をするために、サンウさんに連絡してると思われたんですか。ちょっと寂しいです。まあ、この業界の人たちってそういうイメージですしね。私は公私を混同するのがあまり好きじゃないんです。それって、私がサンウさんに『笑いを取ってみて』って言うのと同じですから」

言われてみれば、確かにそうだった。サンウはイジュンにいつもあっさり説得されてしまう。年齢や経験値の違いなのか、単なる知性の差なのかはわからない。

「投資の話で連絡をくださったのなら、詳しくない分野だしと思って気が引けたんですけど、ずっと何も言われないもんで返って寂しい思いがして」

サンウはそれまでの緊張がほぐれていくのを感じた。

「そうだったんですね。いつも投資の話ばかりやってるから、ちょっと疲れちゃってて。でももし必要でしたら、サンウさんの状況に合わせてアドバイスします」

サンウは投資に回せるお金がいくらあるかに頭を巡らせてみて、すぐに首を横に振った。

「いえ、結構です。今の話は聞かなかったことにしてください」

その言葉に、イジュンは穏やかな笑みを浮かべた。

「それがいいと思います。こっちは動かす金額が大きすぎて、私に預けたとしてもずっとお金のことが気になるでしょう。そう考えると、テレビの仕事を活発にされているのに、こういうところに気が散るのは、長期的には損かもしれません。今やっている仕事に集中するのが、一番の投資だろうと。こんな話、ちょっとやかましく聞こえるかもしれませんが、たとえ投資の結果がよかったとしても、簡単に手にしたお金は、特に若い人にとってはある種の毒だと思うんです。さっきも言いましたが、サンウさんとは仕事がらみの付き合いをしたくないという気持ちもありますし。じゃないと、こうして気楽で楽しい関係ではいられませんからね」

「もしかして、俺にそんなお金がないからと思ってらっしゃるからではありませんか」

サンウはわざと意地悪そうにイジュンを睨みつけながら、不満そうな口調で訊いた。

「まさか。とんでもないです」

今度はイジュンが寂しそうな目でサンウを見た。しかし、サンウは彼の言葉を信じなかった。


車を運転して家に帰りながら、サンウはさきほど心の中の疑問を口にしてしまったことを後悔した。イジュンの言う通りだった。一度お金の話をし始めた仲だと、どういう形であれ、元の関係に戻るのは難しい。その日以来、イジュンからの連絡はなかった。

*

日曜日の夜、サンウは次の一週間のために、誰とも会わずに家でゆっくり過ごした。十分に睡眠を取り、起きてから軽く朝ごはんを食べて、少し距離があるけれど新鮮な農水産物を売っているスーパーまで足を延ばして野菜と魚を選び、家に帰ってから手料理を作って食事をしながら、自分が出演した一週間分の番組をモニターした。最初の頃はぴりぴりしながら自虐と反省を繰り返していたけれど、今では他人が出ている番組のように超然とした態度で見ることができた。

そういう平和な日曜日を過ごすためには、土曜日にできるだけ飲みに行かないほうがいい。土曜日の夜になると、芸人仲間の家に集まって爆飲みする人も結構いるけれど、サンウはそのようにして日曜日を台無しにしたくなかった。仕事でいつも一緒にいる人たちと休みの日まで一緒に過ごしたくなかったし、群れて遊んだり、大勢で集まったりするのもあまり好きではなかった。しかし、昨日の夜は例外だった。今では父親になった小学校の友達四人が、三か月ぶりに予定を合わせてソウルに遊びに来たのだ。友達はわざわざサンウの家近くにある店を予約してくれたし、気難しい席でもなかったから参加しない理由などなかった。

「サンウだ！」

店奥にある個室のドアを開けると、ポロシャツの襟を立てて、キャップを斜めに被っているジョンファンが、一番奥の席で手を振りながらサンウを大声で呼んだ。小学校五年生の時に自分をいじめていたグループの番長だったが、今となってはただの古い友達だ。とりあえずビールを飲み干したあとらしく、みんな顔が赤くなっている。

「なんで個室に？　別料金がかかるんじゃない？」

「気にしないで。お前に払わせないから。お前じゃなくて、俺たちが気持ちよく飲みたいんだよ。お前だってそれでも芸能人なんだから……知らない人に声をかけられたりしたらこっちが落ち着いて食べれないからな」

ジョンファンの言葉に、他の人たちもがやがや騒ぎながら同意した。みんなは地元で家業を引き継いだり、お店を営んだりしながら、幸いにも金の心配なく暮らせていた。親が一人、二人と病気するようになったこと以外は、特別な問題もなく平和に三十代半ばという峠を越えている。サンウはこのままみんなで度々集まれるのだろうと思った。

関係というのは、一寸先も読めないものである。小学校の時は、学校に行くのが嫌になるくらい自分をいじめていた敵同然だったのに、中高生になってからは、誰よりも自分の面倒を見てくれる友達になった。さっきごはんを食べたのに、気付けばまたお腹が空いてきたあの頃。友達は自分のお小遣いを節約して食べ物をおごってくれたし、仕事があるサンウの母の代わりに、友達のお母さんたちがサンウを家に呼んで息子のようにごはんを作ってくれた。サンウは心から感謝した。一人でソウルに進学し、芸人オーディションに合格したサンウと、地元に残って自分の足元を固めてきた友達は、自然と疎遠な関係になっても不思議ではなかっただろう。しかし、幼い頃から心を通わせ、深めてきた友情はそう簡単に消えるものではなかった。普通テレビに出て有名になると、本人が変わるか、周りが接し方を変えるかするらしいけれど、サンウとその友達のあいだでは、有名かどうか、成功したかどうかなどあまり関係のないことだった。いつ会っても、やんちゃだったあの頃に戻ることができる。サンウは利害得失を考えないで付き合える関係がこの年まで続いていることを思うと、これまでの人生が無駄ではなかったという安らかな満足感を覚えることができた。

長い時間を一緒に過ごしてきた友達は、それまでの出来事を根掘り葉掘り尋ね合いながら、肉を焼いて、ビールを飲んだ。みんなでケラケラと笑った。トイレに行こうとして個室を出たサンウは、半開きのドアからがやがや騒ぎながら食べて、笑っている友達の様子を見て、ふと彼らの人生がうらやましく思えた。サンウは自分の仕事が好きだけれど、その仕事を取り巻く環境については、時々なんとも言えない違和感を覚えている。台本を作って舞台に立ち、人々を笑わせること。つまり、芸人として行うすべての作業が好きだったけれど、「有名人」あるいは「芸能人」ということで発生する様々なトラブルにはかなり困惑していた。サンウはできるだけそうしたトラブルとは無縁に過ごしたかったけれど、芸人として生きるということは、そのようなのっぴきならないトラブルともうまく付き合うということだった。

人生がもう少しシンプルでもいいんだけどなあ。
働いて、休んで、家族をつくって、たまに古い友達とこうやって遊びに行って。

サンウはこの関係が改めて貴重なものに思えた。久しぶりに感じる見覚えのある安心感が感慨深く感じられて、トイレからの帰りにこっそり勘定を済ませた。

＊

ヨンイル先輩からの呼び出しがあったのは、夜中から始まった収録を終わらせて、夕飯の時間がうんと過ぎて家に帰ろうとしていた時だった。現場で出てくるお弁当とかサンドイッチとかが食べたくなくて、お腹を空かせたまま帰りを急いでいたというのに。サンウは狼狽した。ヨンイル先輩からの高圧的なメッセージに目を通しながら、昨日会った友達のことを思い浮かべた。自分も彼らのように過ごせばよかったんじゃないか。夢があってこういう特殊な仕事をしているけれど、こういう生き方は自分に合ってないのではないだろうか。どんな仕事でも、やりたいことだけやれるわけではないけれど、先輩の飲み会に呼ばれていくのを果たして「仕事の延長」として認めるべきだろうか。養わなければならない家族がいるわけでもないし、貯金もあるから……新しい人生を思い描いてみてもいいだろう。他の勉強を始めてみようかな。

「……チョルヒョン、家じゃなくてこの住所に向かってくれる？」

サンウは運転席にいるマネージャーに住所が書かれたスマートフォンを渡した。

従業員の案内を受けて入っていった和食レストランの個室には、二か月くらい前にファインダイニングで見たソク会長とかわいくて優雅なボブヘアの女性がヨンイル先輩と一緒に座っていた。女性からは職業を見極められない妙な雰囲気が漂っていたが、おそらくソク会長のお連れだろうと思った。

「いらっしゃい。ヤン・ジュウォンです」

ジュウォンが古い知り合いでもあるかのように、サンウにあいさつをした。高くて柔らかな声だった。

「ちょっと遅いんだよ」

ヨンイル先輩が咎めるような口調で言ったけれど、サンウが文句を言わずに来てくれたことにホッとしている様子だった。

「ごめんなさいね。お忙しい方を急にお呼びして」

ジュウォンはこれまで誰とも揉めたことがなさそうな、初々しい笑みを浮かべながら言った。

「わざわざこんなところでお前のツラを見たくなかったけど、奥さまがどうしてもお前に会いたいとおっしゃるからな。光栄に思えよ」

サンウはジュウォンの向かいに腰を下ろしながらお辞儀をした。それから空いている猪口に日本酒を注いだ。お腹が空いてめまいがしそうだった。

「おい、手酌はやめろや……」

サンウが失礼を犯しているかのように、ヨンイル先輩がビックリしながらみんなの前でサンウを咎めた。

「いいんです。私たちが先に食べ始めてるわけですし。男前でかっこいいですわ。サンウさん、ものすごくファンです」

ジュウォンが胸に両手をのせてサンウを見つめながら言うと、隣の席でソク会長が大らかに笑った。

「趣味が変わってるんだよな……」

「だからアニキみたいな方と暮らせるんじゃないですかね」

ヨンイル先輩がソク会長のお猪口に日本酒を注ぎながらうまく取り成した。

「お前、奥さんにこないだの収録でホン・ヨンランがやらかしちゃった話を聞かせてあげなよ。あん時、マジで困ったよな……」

サンウが収録の時に口達者な女性の芸人たちが演出チームに結構な「仕打ち」を与えたエピソードをやや大げさに語ると、ジュウォンは笑いが止まらないほど面白がった。

「ちょっと面白すぎますね。あ、そうだ、忘れるとこだった」

ジュウォンは笑いを落ち着かせながらテーブルに置いてあった携帯電話を取ってどこかに電話をかけた。

「ねえ、ジュヨン。あたし今、『あの方』と一緒なんだけど、ちょっと電話代わるね」

ジュウォンがサンウに電話を渡した。箸で鯖の刺身をつまんで食べていたサンウは、口の中のものを急いで胃に流し込み、慌てて電話を受け取った。面識のない「後輩のジュヨン」さんは向かいに座っている女性よりもサンウのファンであることをアピールし、ジュウォンよりも浮かれてひとり言を言ったり、質問したりしながら会話をつないでいった。その様子を、ジュウォンは微笑ましく見守っている。中身のない会話をしばらく続けてからようやく通話が終わり、電話を戻すと、ジュウォンは大事な話をようやく思い出したかのように興奮しながら言った。

「サンウさん、今度ホン・ヨンランさんも絶対一緒にいらしてくださいね。ごちそうさせていただきます。すごく楽しそう……」

「おい、急にどうしたんだよ。勝手なこと言ったら困るじゃないか」

ソク会長が天真爛漫な妻の突発的行為をなじったけれど、本気で言っているわけではなさそうだった。いつものことだろう。

「ホン・ヨンランさんってゴルフもやってますか？　一緒にフィールドに出てみるのもいいかも」

夫に何と言われようと、欲しいおもちゃに突進してしまう子どものような天真爛漫さ。ヨンイル先輩も初めてではないのか、決まり悪そうに冗談を言った。

「奥さんも気が早いんですから。こっちもいいことがないとねえ」

サンウは急に息が詰まるような思いがして、了解を得て外へ出た。ようやく息ができるような気がした。ヨンイル先輩から「今どこ？　まさか帰ってないよな」というメッセージが送られてきたが、返事はしなかった。ずいぶん冷え込んだ夜の空気を深く吸い込んだ。秋が終わろうとしているのだろうか。尖っていた神経が少し落ち着くような気がした。もう少しだけ我慢してみよう、と思ったその時、ジョンファンから電話がかかってきた。その安らかな声を聞きたいと思い、サンウは電話に出た。

「昨日はちゃんと帰れたか？」

「ああ。そっちこそ無事に帰った？」

「子どもじゃないんだからよ。久しぶりにみんなで集まれて楽しかったし、無事に帰れたよ。あのさ」

「うん？」

ジョンファンの元気いっぱいの声が、突然小さくなった。

「昨日は話せなかったんだけど」

「何？」

「はあ……こういう話、心苦しいんだけど……」

「どうしたんだよ。お母さんの状態がもっと悪くなったとか？」

「いや、そういうことじゃなくて。実は……ちょっとお金が必要で……あ、それが……事業をやってるお義姉さんにお金を貸したんだけど、ちょっと問題が……みんなにはまだ言ってない。まあ、言ったって役に立たないだろうし、正直言って、俺の周りでお前が一番成功してるんだから……なんだかんだ言ってもお前は芸能人なんだからさ」

それからジョンファンは、大したことでもないかのようにいくら工面してほしいかを口にした。サンウは目が覚めるようだった。

電話を切ると、一気に何倍もの疲れがたまったような気がした。へとへとの状態で日本酒と刺身を急いで食べたせいか、胸やけしているような感覚があった。サンウはよろめきながら席に戻った。

「先輩、ちょっと体調が悪くて。申し訳ないですが、お先に失礼します」

サンウがヨンイルが耳元で小さく言った。

「どうされたんですか。もう帰られるんですか」

席を立とうとするサンウを、ジュウォンが残念そうな顔で見上げたが、たちまち明るい声で次の約束をした。

「そうだ。連絡はヨンイルさんを通してすればいいですか？　今度またみんなで集まりましょうね」

ヨンイル先輩はサンウを見送るとソク夫婦に断り、入り口まで一緒に出た。

「今日無理したんだろうな。ありがとう」

ヨンイル先輩がサンウの肩をぽんと叩きながら言った。

「今日ちょっとソク会長の機嫌が悪くて、ずるずると一緒にごはんを食べるという流れになってさ」

「……」

サンウは胸やけと胃のむかつきを感じた。ある特定の人の気分はすべてに勝り、最優先とされる。

「お前さ、バン代表を覚えてるだろ？　銀色のメガネをかけたぱっとしない男だよ。前一緒に飲んだ時、二人で気が合ってコソコソとずっとしゃべってたじゃないか」

「はい」

それからイジュンと個別に会ったことに関しては、ヨンイル先輩に言わないでいた。

「アイツと今も連絡してる？」

ヨンイル先輩の表情が、いつの間にか険悪になっていた。

「いえ……」

「それはよかった。まあ、二度と連絡できないだろうけどね。アイツ、ソク会長とかの借名口座を管理してたんだけど、そのお金を持ち逃げしたってよ」

「えっ？」

「俺も詳しくは知らないけどね。そういうことがあったんだよ。ソク会長に入れてもらってたから、俺もちょっと損したよ。チクショー」

そよそよ吹いてくる夜の風に、二人の前髪がなびいた。

「奥さんにバレたら大騒ぎになるような話なんだよ……とにかくお前には被害がなかったならよかった」

ひんやりした外の空気のおかげで一度落ち着いた吐き気が、また強くなってきた。さらに何を訊こうかと決まらないうちにタクシーが来て、サンウはヨンイル先輩に押し込まれるようにして車に乗せられた。

*

次の日の夜、サンウはラジオゲストの仕事を一つ終わらせてからグラフホテルのピアノバーに向かった。バーガンディ色の重いドアを開いて中に入ると、ソルミがいつものように中央の舞台で、ピアノを弾いている。サンウはピアノ前のカウンターテーブルに腰を下ろした。そして一人で静かにお酒を飲みながら音楽に耳を澄ましていた。かつてサンウが珍しく思っていた中年の男性たちのように。

ソルミはサンウが来るだろうと予想していたかのように、そっと目を合わせてきた。サンウは頷くように彼女にあいさつをする。サンウはウォッカのオン・ザ・ロックを飲みながら投資についてアドバイスをすると言ってから、結局話をコロッと変えて自分と仕事で絡むことはよしたほうがいいだろうと静かに、しかし、冷たく言っていたイジュンを思い出した。もう少し前に記憶を戻すと「もしかしたらあなたがクラスのみんなを寄せ付けなかったんでしょうかね」とうっかり口を滑らせてしまった自分と、それを聞いて噴き出していたイジュンの豪快な笑い声が耳に残っていた。

ソルミが休憩時間にサンウの隣に来て座った。

「久しぶりですね。お元気でした？」

明るい笑顔でソルミが軽やかな声で訊いた。サンウは力なく頷いた。

「……連絡ありました？」

誰からと言わなかったけれど、ソルミは質問の意図を察してゆっくり首を横に振った。

「過去も未来もなく、少しは一生懸命で、少しは空虚な今日を限りなく生きているようです」

ソルミが遠くに目を向けながら、ひとり言のように小さく言った。

「はい？」

「バン・イジュンの口癖だったんです」

目を細めて笑いながらソルミは席を立ち、ピアノの前に戻ってふたたび演奏を始めた。

あとがき

二〇二一年四月十日の夜十一時頃、私はいつも走っているコースから離れて、光化門から近い市庁前のとあるホテルを通り過ぎていた。ホテル正門のガラス越しに、ある男性スタッフが薄暗いベルデスクで一人、夜間勤務をしているのが見えた。市内のど真ん中なのに、そこだけが孤立したかのように静寂に包まれている。誰に見られようが見られまいが、彼は背筋をピンと伸ばしたまま黙々と自分の仕事をこなしていた。どんなことを考えながら立っているのだろう。彼を取り囲む静けさとやや寂しそうな雰囲気が心に余韻を残し、いつかあのような人物が登場する小説を書きたいと思った。そんな思いを抱いてから一年後に、本当にそのような小説を書くことになった。

何年も続いた感染症によってたくさんのことが変わり、ある時代が終わってしまったかのような気がする。あの時代はもう二度と戻ってこないだろう、ということを、当たり前の事実として受け入れている。気付けば、私たちは新しい世界に適応するように慣らされているのだけれど、その光景を目の当たりにしながら、長い歳月にわたって固有の姿を保ちながら変わりなく存在することへの尊厳について思いを馳せるようになった。外で吹き荒れる風に耐え、立ち向かいながら、不器用ながらも同じ場所に残り続けることを選択する人たちの気持ちを想像した。この短編集の舞台となっている仮想空間グラフホテルは、いわばそのような場所なのだ。

予想しなかった環境の変化は、複雑で矛盾した感情を呼び起こす。執着や喪失感、怒りと無力感、不安や毅然とした気持ちといった様々な感情を抱きながら、私たちは崩壊したり、正面から突破したり、耐えたり、あきらめたりする。どんな選択をし、どんな状況にぶち当たっても、そのすべての奮闘にはそれぞれの美しさがある、ということを、今の私は知っている。その中では、前進するために自ら退路を断つ、自分自身にやや残酷になる人に、より魅力を感じるけれど。それはともかく、私たちの人生で、ある日突然迫ってくるのっぴきならない変化が、私たちの魂を深く揺さぶる様子を描こうとした気がする。由緒深いホテルの、予定された最後のように、それぞれの人生に訪れてきたある時代の終わりに向き合いながら、私たちは何をしっかり握り持ち、何を手放すべきだろうか。いつまで抵抗し、いつから受け入れるべきだろうか。私たちは今、いったいどのような時間を過ごしているのだろうか。

いつの間にか六冊目の小説になった。書いているうちはずいぶん苦しんだのに、「あとがき」を書く時になると、いつそんなに苦しんだのだろうという気がしてくる。いや、そもそもいつ、どのようにして書いたかすらあいまいになる。ただ、書きながら感じた喜びだけが記憶の中に一つ一つ生き残り、次もまた書きたいという気持ちにさせてくれる。純粋な喜びは、純粋な苦痛を担保にしている側面がある気がする。

『そっと呼ぶ名前』と『態度について』で一緒だった編集者キム・ジュンソプ氏、グラフィックデザイナーのイ・ギジュ氏が、今回も編集とブックデザインを担当してくれた。あの夜、私が見かけた夜間勤務中のホテルスタッフのように、彼らは自分の仕事についてはまっすぐで、常に寡黙である。二人と一緒に仕事をすることができて嬉しかった。

最後に、いつも私の本を読んでくれる読者のみなさんに、深い感謝の気持ちと愛情をお届けしたい。この本を通して新しく出会うだろう読者のみなさんには、この初めての出会いに、私がどれほど胸を膨らませているかを知っていただきたい。

二〇二二年晩秋、光化門にて　イム・キョンソンより

イム・キョンソン

韓国ソウルに生まれ、横浜、リスボン、サンパウロ、大阪、ニューヨーク、東京で成長、10年あまりの広告会社勤務等を経て、２００５年から専業として執筆活動。著書にエッセイ『母さんと恋をする時』（２０１２）、『私という女性』（２０１３）、『態度について』（２０１５）、『どこまでも個人的な』（２０１５）、『自由であること』（２０１７）、『京都に行ってきました』（２０１７）、『私のままで生きること』（２０２３）、小説『ある日、彼女たちが』（２０１１）、『覚えていて』（２０１４）、『私の男性』（２０１６）、『そばに残るひと』（２０１８）、『そっと呼ぶ名前』（２０２０）、『ホテル物語』（２０２２）、『言い残した言葉』（２０２４）ほか多数。歌手でもあり作家でもあるヨジョとは『女性として生きる私たちに―ヨジョとイム・キョンソンの交換日記―』（共著：２０１９）も刊行（NaverAudioclipで「ヨジョとイム・キョンソンの交換日記」を配信）。邦訳に『村上春樹のせいで―どこまでも自分のスタイルで生きていくこと―』（渡辺奈緒子訳：２０２０）、『リスボン日和　十歳の娘と十歳だった私が歩くやさしいまち』（熊木勉訳：２０２４）がある。独立した個としてそれぞれが誠実に、自分らしく生きることをテーマにしたエッセイを多く書き、小説ではもっとも大切な価値観として「愛」を見据え、恋愛を主に扱う。

すんみ

翻訳家。早稲田大学文化構想学部卒業、同大学大学院文学研究科修士課程修了。訳書にチョン・セラン『屋上で会いましょう』『地球でハナだけ』『八重歯が見たい』（以上、亜紀書房）、キム・グミ『あまりにも真昼の恋愛』『敬愛の心』（以上、晶文社）、ウン・ソホル他『5番レーン』（鈴木出版）、キム・サングン『星をつるよる』（パイインターナショナル）、ユン・ウンジュ他『女の子だから、男の子だからをなくす本』（エトセトラブックス）など、共訳書にイ・ミンギョン『私たちには言葉が必要だ』（タバブックス）、チョ・ナムジュ『彼女の名前は』『私たちが記したもの』（以上、筑摩書房）などがある。

ホテル物語
グラフホテルと5つの出来事

2024年9月12日 第1刷発行

著者 イム・キョンソン
訳者 すんみ
カバーイラスト 北住ユキ

発行者 西山哲太郎
発行所 株式会社日之出出版
〒104−8505
東京都中央区築地5−6−10
浜離宮パークサイドプレイス7階
企画編集室 ☎03−5543−1340
https://hinode-publishing.jp

デザイン 坂野公一（welle design）
編集 久郷 烈

発売元 株式会社マガジンハウス
〒104−8003
東京都中央区銀座3−13−10
受注センター ☎049−275−1811

印刷・製本 株式会社光邦

This book is published with the support of
the Literature Translation Institute of Korea
(LTI Korea).

ISBN978-4-8387-3286-9 C0097